視える彼女は教育係

ラグト

竹書房

視える彼女は教育係

ラグト

竹書房

目次

❖…本書は、小説投稿サイト〈エブリスタ〉と竹書房のコラボによる長編ホラー小説コンテスト「第2回最恐小説大賞　短編連作部門」の受賞作です。

❖…物語はフィクションです。登場する人物・団体・名称等は架空であり、実在のものとは関係ありません。一部過激な表現を含みますが、これらは差別・侮蔑を意図する考えに基づくものではありません。

プロローグ

「獣の岩……ですか？」

『そう、だいぶ古い話みたいだけど、動物保健センターの改修工事の際に敷地から獣の形をした大岩が出たらしいのよ』

それは出張からの帰り道の車中で、地元の噂話や怪談に詳しい先輩から不意に告げられた奇怪な風聞だった。


うちの田舎には、昔からやたらと事故の多い不吉な十字路がある。

街灯があるのにどういうわけか異常に暗くて通行人がよく見えないという現実的な理由はもちろんだが、それ以外にも、頭のない犬が交差点の中を走り回る、着物姿の女の子が四つん這いで車に走りこんでくる、なんていう奇妙な噂もあった。

田舎なだけあって、周りにはまばらな民家と田んぼしかないようなところだ。

しかし、その十字路は江戸時代に整備された地元の旧街道と県庁所在地に続く旧国道との交差点であり、田舎にしては交通量も多く、僕自身もそこを通る頻度《ひんど》はかなり多い。

十字路の角には古い平屋のお屋敷がある。

先輩が語った『獣の岩』とは、屋敷の庭に保健センターから掘り出された獣の形をした岩が飾られていて、それが噂の原因になっているという話だった。

そして今、僕達はまさにその十字路に入ろうとしている。

車を進ませると、街灯に照らされた十字路の真ん中に、サッカーボールほどの大きさの何かが見えてきた。

近づくにつれて鮮明になってきたそれは、さらし首のように道から生えた僕自身の頭だった。

轢《ひ》かないでくれと言わんばかりの悲壮な表情の顔を凝視しながら、なんで自分の頭が道の真ん中にあるのかと混乱してしまった。


「その首はアンタのじゃない！」


突然、助手席から響いた先輩の叫び声に、はっと我に返る。

今の今まで頭の中で当然のように居座っていた認識が揺り戻された。

次の瞬間、僕の運転する車が何か硬いものを轢き潰した。

下から伝わってくる衝撃に慌ててブレーキを踏み、ミラーで後ろを確認する。

そこにはグロテスクに砕かれた頭があり、ゆっくりとこちらを振り向いた。

僕と同じ顔の口元がかすかにゆがみ、次の瞬間には煙のように夜の闇に溶け込んでしまった。

「……なんだったんですか、あれ？」

少し落ち着いたところで僕は隣の先輩におそるおそる尋ねてみた。

「さあ……。それより危なかったわね、あの首を自分だと錯覚していたら意識がつながってアンタの頭も砕けていたかも」

「えっ、何言ってるんですか？」

「……あれは四つ辻に犬の首を埋める犬神《いぬがみ》の呪いを模したのかしら、だとしたらちょっと洒落《しゃれ》てるわよね」

彼女のジョークともつかないセリフに戸惑ったが、早く車を出すように促《うなが》された僕は、うろたえながらもアクセルを踏み込んだのだった。


なかなか興味深いものを視《み》たというような軽い雰囲気で話してくれるのは、死にそうな目に遭った僕の恐怖心を和らげようとする先輩の愛情なんだと好意的に思うことにした。

いつもこんな感じなのだから……。


彼女は普段、『視えない』僕には深く考えないように促していた。

それでも、僕はいつしかもっと知りたいと思うようになったのだ。


彼女に視えているその世界の正体を……。

エピソード❶

ストーカー相談

もう今から十年以上前の話だ。

当時、僕は大学を卒業して地元の中堅企業に就職した。

これから綴るエピソードはそこで出会ったある女性のお話。

彼女のそばで心霊にまつわる不思議な事象を幾度も目の当《ま》たりにしてきた。

いつか機会があればそれらの体験をなんらかの形で残しておきたい……。

そんな気持ちからこの文章を書き始めた次第である。


彼女と関わるきっかけができたのは、僕が高校時代の先輩と久しぶりに食事をしたときのことだった。

「なあ、お前の会社にいる、黒川《くろかわ》さんって知ってるか？」

不意に先輩が僕の同僚の名前を出してきたのだ。

黒川さんという女性の先輩。下の名前は確か、瑞季《みずき》だったと思う。

当然同じ職場の人間なので、新人の僕でも面識はあった。

先輩は自分の父親から彼女の名前を聞いたのだと説明した。

彼の父親は地元の事業主でうちの会社の顧客なのだ。

先輩もその会社に属しており、将来は経営を継ぐことになっている。

そんな先輩がどういうわけか、黒川さんと話がしたいのでつないでもらえないかと懇願《こんがん》してくる。

僕はそれこそ自分の親父さんから紹介してもらえば、と思ったが、昔から女好きの人だったので、このお願いもそういうことだと思い、気乗りはしなかったが了承した。


翌日、僕は先輩の親父さんの名前を出し、そこの会社の人から話があると言って、黒川さんを事務所近くの喫茶店に連れだした。

僕達が喫茶店に入ると先輩が奥の席に座っているのが見える。

僕は彼女に先輩を紹介しようとしたが、彼を見た途端《とたん》、彼女は訝《いぶか》しむような表情に変わってしまった。そして、いきなり先輩に問いかけたのだった。

「私のことは誰から聞いたんですか?」

その言葉を聞いて僕はすぐに違和感を覚えた。

仕事の話と言って連れてきたのに、彼女は今回の話がそうではないと気づいたようだ。

先輩は自分の父親から彼女の名前を聞いたことを正直に話し、そのまますぐに本題に入った。

先輩が黒川さんに語ったのは元カノにストーキングされて困っているということだ。

僕は唐突に何を言いだしたのかと思ったが、先輩が語ったのはこんな話だった。

先輩が営業先へ向かうため、電車に乗ろうとしていたときのことだ。

駅のホームで電車を待っていると、突然耳元で囁《ささや》く声がした。

「……轢かれて死ぬ」

その声は最近別れた彼女の声だった。

驚いて周りを確認しても彼女の姿は見えない。

おかしいなと思いつつ前を向くと、突然後ろからどんと何かに押された。

すんでのところでホームから落ちずには済んだが、転落していれば確実に電車に轢かれていた。

先輩はすぐさまその別れた彼女に電話をしたが、彼女はずっと仕事場にいたと言う。

不信感は残ったが、そのときはそれで終わりにしておいた。

何日か経ってから別の駅で彼女の声で囁かれた。

「……落ちて死ぬ」

再《ふたた》び聞こえた声も不吉な呪いの言葉だった。

前回のことが脳裏《のうり》をよぎり、怖くなった先輩はその駅からすぐに出ようと階下の改札口を目指した。だが、階段に差しかかった際に上から何かに押された。

転がり落ちそうになったものの、先輩はなんとかこらえて体勢を立て直し、周囲を警戒しながら駅から離れた。

またも押される直前に彼女の声が聞こえたため、先日と同じく確認しようとした。だが、今度は彼女が嘘をついていることも考え、彼女と同僚の知人に電話をして、本人が仕事場にいるかどうか聞いてみた。しかし、その知人からも彼女はずっと仕事場にいたと言われてしまった。

結局、別れた彼女の声がして殺されそうになるのに彼女自身はその現場にはいない。どういう霊的現象なのか説明はできないが、彼女は呪いのような方法でストーキングしているのかもしれない。


……◆……◆……◆……


そこまで話して先輩は一息ついた。

「こんなこと警察に行くわけにはいかないし、困ってたんだよ。それで以前事務所で起こった心霊事件を黒川さんっていう人が解決してくれたってうちの親父が言ってたのを思い出したんだ」

僕はそれまで半信半疑で先輩の話を聞いていたが、心霊事件と聞いて、さらに先輩が何を言っているのかわからなくなった。

ところが、先輩の相談をひと通り聞き終わった黒川さんは面倒くさそうに答えた。

「ええと、元彼女さんのストーキングということでしたが、その方はあなたの会社の従業員ですよね」

いきなりの黒川さんの問いかけに先輩はなんでそれを、というような驚いた顔をしたが、彼女は続けてとんでもないことを言い放った。

「だってあなたの後ろに憑《つ》いてますよ、彼女の生霊《いきりょう》が。私、あなたの会社で彼女本人を見たことありますよ」

僕と先輩は驚いて後ろを確認してみたが何も見えない。ただ黒川さんには、彼女の生霊の姿が確かに視えているようで、僕らの後ろの空間をじっと見つめている。

「会社の女の子に手を出して恨《うら》まれるなんて、自業自得でしょう」

あっさりと言いきられ、先輩は真っ青になった。恨まれるようなことをしたのも事実なのだろう、先輩はどうしたらいいか教えてくれないかと黒川さんに哀願したが、彼女はまるで相手にせず突き放した。

「あなたがその彼女に何をしたのか知りませんが、許してもらうしかないんじゃないですか?」

その言葉を聞いた先輩は観念したのか、がっくりと肩を落として帰っていった。

喫茶店を出たあと、黒川さんはずっと不機嫌だった。

僕は彼女に嘘をついて先輩に引き合わせたことを謝った。なんとか許してもらい、さらに話を聞くと、彼女は先輩のような女癖の悪い人間が大嫌いらしい。

「ああいう奴と付き合いがあるということは新人クンもそうなのかな?」

彼女から軽蔑《けいべつ》する感じで尋ねられるので、僕はしどろもどろになって女性付き合いが今までほとんどないことを白状してしまった。

それを聞くと彼女は笑って機嫌も治ったようだった。

結局、先輩に生霊を飛ばしていた女性は、先輩の子供を妊娠していたことがあとでわかった。元カノという話も先輩のごまかしで、実際は会社の忘年会で酔った先輩が前から気になっていたと適当なことを言って半ば無理やり従業員の彼女と関係をもったのだった。

その後、正式にお付き合いしてほしいと迫る彼女に対しても、酔った勢いでの気まぐれだったと言ってはぐらかしながら、最後は社長の息子という立場を利用して、解雇をちらつかせ彼女にそれ以上の文句を言わせなかったようだ。結果、出来てしまった子供を堕《お》ろすかどうかで思いつめたあげく、原因をつくった先輩に悪意を抱いてしまったのだろうという。

そして、先輩は彼女に謝罪し、もちろん親父さんにも知られるところとなり、責任を取ってその彼女と結婚した。

先輩の性格は相変わらずだが、奥さんになった彼女には先輩の両親のほうが妊娠中の彼女の家事を積極的に手伝ったり、誕生日の贈り物をしたり、と大いにフォローしているようだった。

「まあでも、彼女の生霊は優しかったわよね」

黒川さんがふっと呟《つぶや》く。

「自分の彼氏を殺そうとしたのに、優しいってどういうことですか？」

「だってわざわざ殺そうとする前に彼女は警告してくれてたでしょう」

「ああ、確かにそうですね、本気で殺すつもりならその直前に警告なんてしませんよね！」

さらに続けて彼女はこんなことも独り言《ひとごと》のように囁いた。

「……強い生霊とは言っても、まだ人の形をしていたしね」

まだ人の形をしていた……生霊なのだから、当然その飛ばしている人の姿をしているものと思ったので、僕はさらに問いかけてみる。

「人の形をしていない生霊もいるんですか？」

「……いるよ。そして、そっちのほうがシャレにならないことが多いよ」

「黒川さんは……人の形をしていない生霊も見たことあるんですか？」

彼女は無表情で口を開いた。

「昔しつこく言い寄ってきた男になあ」

ただそれだけ呟いて、それ以外は何も教えてくれなかった。

あとで考えたが、それはその言い寄ってきた男から飛ばされた生霊だったのか？

それとも彼女のほうが……。


今となっては確かめたくもない。

エピソード❷

親友との再会

僕が就職してから一ヶ月ほど経った頃の話だ。

その日、僕は野球中継を見ながら、家に届いた郵便物を確認していた。

するとその中に母校の創立何十周年かの合同記念パーティーの案内らしき封筒を見つけた。

僕の出身高校は私立だったので、このような催《もよお》しがあるたびに案内が送られてくる。

記念パーティーに出るかどうかはさておき、最近は就職したての新しい環境でバタバタしていたせいで疲れがたまり、休みでも家にいることが多かったので、そろそろ地元の仲間と遊びに行こうかなどと考え始めていたときだった。

そのとき、ちょうど地元の友達の一人から携帯に着信があった。

僕は記念パーティーのことかなと思い電話に出た。しかし、内容は全く別のことだった。


「Sが死んだ」


告げられたのは僕の親友の名前だった。ただ、あまりに突然の報告に、最初何を言っているのか理解できなかった。

混乱しながら改めて話を聞くと、Sが亡くなって明後日が告別式だというのだ。

死因などを尋ねたが、友人も連絡網で告別式の日程などを回しているだけで詳細はわからないらしい。

高校卒業後も親しくしていたSが突然亡くなったという連絡に大変心を乱されたが、それについての情報があまりに少ないこともあってSの家族に電話をすることもはばかられるし、自分のほうからは何もできることはなかった。

そのため、その日はただSと一緒に遊んだときの記憶や高校時代を思い出して悲しみに暮れるしかなかったのだった。

次の日、僕は有休をとって翌日の告別式に出席するため、事務所で残業をしていた。

そこへ黒川さんが話しかけてきた。

「なんか落ち込んだ顔してるわね。何かあったの？」

「いえ、じつは親友が急死しちゃったんです。それで明日が告別式なので今日のうちに残った仕事を終わらせようと思って」

すると、思いがけない注意を受けた。

「あまり思いつめないほうがいいわよ、呼んじゃうから」

僕は彼女がいわゆる霊感のある人であることは前回の事件でわかっていたが、それでも彼女が何を言っているのか、言葉の意味が腑《ふ》に落ちなかった。

彼女の言葉は、死んだSのことを考えすぎてはいけないという意味に取れそうだが、親友が死ねば悲しむのは当たり前だと思う。それに呼んでしまうとは、彼が僕の前に現れるという意味だろうか。ならば最後のお別れが言えるから良いことではないかと僕は思った。

少々彼女の言動に疑問を感じながらも、黒川さんの表情を見るに、本当に僕のことを気遣って声をかけてくれているようだったので、僕は文句を言うこともできず、わかりましたとだけ答えてそのまま残業を続けることにした。

僕は母校の記念パーティーに出席していた。

駅前のホテルのホールで行われたそのパーティーでは、最初にくじを引いて、くじに記されている番号のテーブルにつくことになっていた。

母校の教師や同級生を見つけて懐かしさに浸っていると、僕の向かいの席には親友のSがうつむいて座っていた。僕はSも来ていたことを知って嬉しく思ったが、何か大事なことを忘れているような気がする。

彼はずっとうつむいていて表情が見えないので、僕はSに話しかけようとした。だが、その瞬間、くすぶっていた違和感の正体を思い出してきた。

徐々に存在を大きくするその感情は、やがて確信的な恐れへと変化していった。

「……おまえ、死んだんじゃなかったっけ?」

そう言おうとするのと同時に、Sはゆっくりと顔を上げ始める。

Sの動きはまるでコマ送りの映像のようで、動くたびにその姿はどんどんと灰色に染まっていく。危機感で頭がいっぱいになりながらも、それを上回る動揺で金縛りのように身体《からだ》が固まって動けない。

もう次の瞬間にSと目が合ってしまうというそのとき、僕は肩をがっと後ろから掴《つか》まれて目が覚めた。


僕は残業中の職場でいつの間にか夢を見ていた。

肩を掴んで夢から引き戻してくれたのは黒川さんだった。

「危なかった、来てたわよ」

汗ビッショリになりながら、僕は彼女に何があったのか聞いてみた。彼女によると何かの霊が僕のところに来ていて、おそらく先ほど言っていた奴だろうと思ったらしい。

「とりあえず追い払ったけど、あんまりいいものじゃなかったわよ」

彼女はSと思われる霊を良くないものと位置付けているようだったが、先ほどの不吉な夢のこともあり、流石《さすが》に僕も納得せざるを得なかった。

彼女からもう帰るように促されたので、呆然《ぼうぜん》としながらもその通りに帰る用意をした。

帰り支度を整えているとき、僕はもしあのままだったら自分はどうなっていたのかと尋ねてみた。

しかし、黒川さんは僕の問いにしばらく無表情のままで、やがて一言だけ答えてくれた。

「深く考えないほうがいいわよ、また呼んじゃうから」

そっけない答えだったが、今思えば彼女なりの気遣いだったのだと思う。

その夜、Sについて別の同級生から聞くことができた。Sの死因は自殺のようだった。彼がどういう思いで僕の前に現れたのかはわからないが、あの夢の中で見たSは、もはや親友だった彼ではなく、黒川さんの言った通り別の何か恐ろしいものに変質してしまったようにしか思えなかった。

だから、薄情ではあるが、僕はSの告別式には出席することができなかった。

エピソード❸

幽霊道路

Sにまつわる体験から少し経過した、一年で一番日が長い頃のことだったと思う。

その日、昼休みに仕事場の一角で人だかりができていた。気になって行ってみると、職場の先輩がノートパソコンで車の走行中に撮影した映像を流していた。

その先輩は元暴走族だったというが、雰囲気は穏《おだ》やかで後輩の面倒見も良く、僕も彼の経歴を聞いたときはびっくりしたのを覚えている。しかし、見た目は変わったとはいえ、先輩の趣味が愛車での山道走行というあたりはさすが元暴走族という感じだった。

そして、その山道走行中に撮影した映像に職場の人間が集まっていたのである。

「なんで、みんな集まってるんですか?」

「ああ、これな、お前も見てみろよ、先輩が撮った映像の中に幽霊みたいなのが映ってるんだよ」

それを聞いて僕も興味を持ち、映像を見せてもらった。

車載カメラで夜の山道走行を映したものだったので、最初に見せてもらったときにはよくわからなかった。しかし、映像を問題の場面で止めてもらうと、確かに山道の右脇に赤っぽい服を着た女の子が横を向いて体育座りをしている姿が映っていた。

先輩は最初気づいていなかったそうだが、職場で映像を見せているときに同僚の一人が女の子に気がついて、幽霊じゃないのかと騒ぎ始めたらしい。

僕と一緒に見ている人達は「何か違うものが女の子みたいに見えているのかな?」「本当にそこに地元の女の子が座ってたんじゃない?」と口々に意見を言う。

誰かが映像の場所を聞いたところ、先輩が口にしたのは県内でも有名な、いわゆる心霊スポットの道路だった。その名前を聞いて、皆一様に「じゃあ本物かなあ」とざわめき始める。

しかし、当の先輩はまだこの少女が幽霊かどうか、半信半疑の様子だった。

「確かに俺もこの道の変な噂は聞くけど、十年近く走ってそういうのは見たことないけどなあ」

僕はこういうときこそ、いわゆる霊感のある黒川さんの出番だと思い、彼女を探した。けれども……見当たらない。

そのとき事務所内の行き先ボードを見て思い出した。

彼女はその日、課長と一緒に販売協議会という名目で、取引先との接待旅行に行くと言っていたのだった。行き先は県内の温泉ホテルで、一泊二日の泊まりだ。

仕方がないので、僕は先輩に問題の場面の画像を一枚、僕の携帯に送って欲しいとお願いした。

こんなものどうするんだよ、と当然のごとく聞いてきたので、黒川さんに見てもらいたいと正直に言った。

「えっ、黒川さんに? う、う〜ん、別にかまいはしないが」

なぜか先輩の表情が渋くなる。

「そういえば、黒川さんがお前の教育係になったんだよな」

「あっ、はい、そうなんですよ、二つ上で一番年が近いからって。あんな綺麗な先輩が教育係なんてツイてますよね」

教育係とは文字通り会社に入りたての新人に一連の業務を教える係のことだ、普通は年の近い先輩が受け持つことが多い。僕は黒川さんの営業や県内の出張についていき、取引先に挨拶をしたり、実務について学ぶことが日々の仕事になっていた。

「おまえ……黒川さんのこと怖くないのか？」

不意に尋ねられた彼女に対する怖いという印象、それは単に仕事に厳しいという意味とは別のことを指しているように感じた。

「あっ、いや、なんというか、ちょっと近寄りがたい雰囲気しているし、黒川さんもあんまり仕事以外では積極的に他の人と関わろうとしないからさ」

先輩は気がついたように慌ててフォローを入れる。

「そういえば、黒川さんも案外すんなり受け入れたよな、彼女のことだから新人の教育係なんて色々理由付けて断ると思ったのに。おまえ彼女と何かあったのか？」

「……はい、じつは先日亡くなった知り合いのことで色々と助けてもらって」

「ああ、なるほど、それでこんな心霊画像をなあ」

先輩は、僕がまるで珍しいもの見たさのような感覚で、彼女に近づこうとしていると感じたのかもしれない。そう指摘されると、僕自身これまでの出来事で黒川さんという女性についてはもちろん、心霊のことにも興味をもち始めているのは間違いないように思える。

結局、画像は送ってくれたが、僕はなぜ先輩が黒川さんに画像を見せるのをためらったのか、わからなかった。

その日の夕方、終業時間直前に課長から連絡が入った。

課長に同行している黒川さんが明日の朝にどうしても外せない打ち合わせが入ったので、夜の宴会が終わるタイミングで彼女を迎えに来て欲しいということだった。

確かに県内とはいえ、タクシーを使うよりはガソリン代を支給して誰かに迎えに来させるほうが遥かに割安の距離だ。

そして、その役割に僕が選ばれたのは、彼女が僕の教育係になっていたためだった。

僕は少々時間を潰しながら、指定された時間にホテルへ到着した。

課長の携帯に連絡すると、しばらくして課長と黒川さんがロビーから外に出てきたので、彼女を助手席に乗せてホテルを出発した。

黒川さんは宴会後なので少し酔っている様子で、ぐったりとシートにもたれかかった。

「悪かったわね、急に迎えに来てもらって……晩ご飯はもう食べた？」

「あ、まだです」

「じゃあ私がおごってあげるからご飯食べに行きましょう」

「え、黒川さんは宴会で食べてないんですか？」

「お酌に回っているばっかりでほとんど食べてないのよ。こんな美人のお姉さんと一緒に食事に行けるんだから嬉しいでしょ」

黒川さんは美人だが、それを鼻にかけるような性格ではなかったので、女性付き合いの少ない僕に対するからかいの意味を込めた言葉と思われる。

実際、このときの僕は緊張してしまい、何を話していいのかわからず頭の中は混乱してしまった。

そこで僕は昼間に送ってもらった幽霊画像のことを早速聞いてみようと思った。

くだんの幽霊道路は偶然にも少々遠回りではあるが、今通っている帰り道の近くだった。

「そういえば黒川さん、この近くにある幽霊が出るっていう道路、知っていますか?」

「……知ってるけど、それがどうしたの?」

「いえ、じつはそこで撮れた変な画像が手に入りまして」

運転しながら、携帯を取り出して例の画像を出して黒川さんに手渡した。

そのとき、車のエンジンがいきなり鈍い音を立ててストップした。

僕は急なエンストに慌てながらもなんとか道の端に車を寄せた。

どうしたのかなと思い、もう一度エンジンをかけようとしたが、うまくかからない。

「……やばい」

黒川さんが例の画像を見ながら呟く。と同時に、僕は前方の景色がおかしいことに気がついた。

黒と灰、色がその二つだけだ。

もちろん夜の山道なので、ほとんど色など見えないのだが、車のライトと月明かりに照らされた前方の景色が、まるでモノクロテレビのようだった。

いったいどうなっているのか……と思考が止まっていたそのとき、前方の道路に突然、色が現れた。灰色の中に際立《きわだ》つ、ぞっとするような赤色の服。

その服は見覚えがあった。

先輩の動画に映っていたあの少女だ。

少女はゆらゆらと左右に揺れながら車に近づいてくる。

「アンタ、なんでこんなもの持ってきたの！」

携帯を握りながら黒川さんは叫んだ。

「え、え？」

僕はうろたえるばかりだったが、そうしている間に少女は車の目の前まで近づいていた。

少女は猫を思わせるような獣めいた姿勢になったと思うと、車のボンネットに手をついて飛び上がり、フロントガラスにべったりと張りついてきた。

少女の顔はまるで泥を塗り付けたように灰色にただれていたが、大きく開かれた目と口腔からは、服と同じ色の赤い液体が滴《したた》り落ちていた。

奇怪な姿に僕は情けない声をあげて逃げようとしたが、身体がなぜかほとんど動かない。

首をねじって助手席を見ると、黒川さんは右手の人差し指と中指を立てて、少女に向かって何か呪文めいた言葉を口にしながら素早く縦と横に動かしている。

僕は呆然とその光景を眺めていたが、力を込めた指の動きを突然止めると彼女は僕を向いて叫んだ。

「早く出して！」

はっと我に返って前方に向き直ると、先ほどまで運転席に迫っていた少女は忽然《こつぜん》と消え失せ、景色にも色が戻っている。

「えっ、あれ？」

「いいから、早くここから離れて！」

彼女に再び促されて、エンジンをかけてみるとスムーズにかかったのですぐに発進した。

ある程度の距離を走ってから、もう大丈夫と判断したのか、黒川さんがもう一度怒鳴った。

「なんでこんなもの持ってきたのよ！」

「さ、さっきのはいったい？」

僕はまだ放心状態で彼女の質問に答えられず、そのまま質問で返してしまった。

黒川さんは僕の様子に呆《あき》れながら呟くように答えてくれた。

「……シャレにならない悪霊《あくりょう》」

力が抜けてしまったのか、先ほどとは逆に奇妙に落ち着いた様子だ。

「……やっぱりさっきの女の子は画像に映っていた女の子ですか？」

「……そうね、それと携帯の画像じゃなかったら、たぶん追い払えなかったわよ」

そう言うと、黒川さんは携帯を返してきた。

くだんの少女の画像は消去されている。

その気配からとんでもなく危険なものであることは感じることができたが、なぜ撮影場所からも離れているのにそんなものが僕達の前に現れたのかを尋ねてみた。

「アンタの思いとさっきの携帯画像に引き寄せられてきたのよ」

「……えっ、画像はともかくとして、僕の思いっていうのはどういうことですか？」

「アンタの幽霊や心霊スポットに対する好奇心に引き寄せられたの！　幽霊を見に来た奴が幽霊を見るということよ！」

しんどそうに彼女は吐き捨てた。あの女の子は地縛霊《じばくれい》で本来は囚《とら》われた場所からは容易に離れないこと、すぐに消去できる携帯画像だったこと、その二つの理由であの少女の霊とつながった因縁《いんねん》を断つことができたと黒川さんは説明してくれた。

後日、車の映像を見せてくれた先輩にこのときのことを話したのだが、その際に彼はなぜ画像を渡したくなかったかを教えてくれた。

黒川さんは、霊感があるといっても心霊スポットなどに好奇心などから近づいたりすることはむしろ避けていて、心霊に関する相談もごく身近な人間の場合だけで、進んでやっているわけではないようだ。それならば好奇心にまみれた僕の行動に躊躇《ちゅうちょ》するのも無理はないのだった。

「あ〜、アンタのせいで余計に疲れたわ、迷惑かけたんだから、晩ご飯おごりなさいよ」

おごる関係が当初と逆になってしまったが、快《こころよ》く晩ご飯代は払わせていただいた。

エピソード❹

恋する魂

あの夜、僕達は幽霊道路の地縛霊に襲われたあと、黒川さんと晩ご飯を食べに行った。

「コーヒーが飲みたいから次のお店に行きましょう」

彼女はレストランを出ると次のお店を促してきた。僕は言われるままに彼女行きつけのカフェに向かった。

すると、道中で彼女の携帯に着信が入った。話を横で聞いていると、どうも電話の相手は黒川さんの妹さんらしく、話の流れで妹さんもそのカフェに来ることになった。

先にお店に着いて、中でコーヒーを飲んでいると、妹さんと思われる女性が入ってきた。

「あ、美弥《みや》、こっちよ」

黒川さんは妹さんの名前を呼んで自分達の席に招き寄せる。

「こんばんは、お姉ちゃんの職場の方ですか？　いつもお姉ちゃんがお世話になっています」

美弥さんは明るく挨拶してくれた。

「お世話しているのは私だけどね」

顔は姉妹だけあって黒川さんにそっくりだが、髪は黒髪のお姉さんと違い、淡く茶色に染めてふんわりとしたかわいい感じだった。

僕は思わず美人姉妹！　と心の中で驚いていた。

「あの、黒川さん」

「なに?」

「はい?」

二人が同時に返事をする。

そうだ、二人とも黒川さんだった。

「あ、ええと、じゃあ瑞季さん」

「……アンタに下の名前で呼ばれるとなんだかむず痒《がゆ》いわね」

どうしろというのだろうと思ったが、あらためて聞くと美弥さんの職業は看護師で、ちょうど仕事帰りであるらしい。

あとで聞いたのだが、美弥さんもいわゆる霊感のある人で、瑞季さんいわく、霊的なものを感じとる力なら自分より上だそうだ。

「そうそう、お姉ちゃん、わたしこの前の夜勤ですごいもの見ちゃった」

美弥さんが話を始めた。僕は彼女が本当に嬉しそうに話し出すので、興味を持って聞いてみた。


その日の夜勤で美弥さんは病棟を巡回していた。時間は深夜の午前二時、ある病室の前で話し声が聞こえてきた。

その部屋の患者は翌日に手術を控《ひか》えていた。美弥さんは最初眠れなくて家族の人と携帯電話で話をしているのかと思った。だが、よく考えると患者は六十代後半のおばあさんで普段も携帯電話を扱っている様子はなかったはずだ。

病室の中は明かりもついておらず、誰と話しているのだろうと不思議に感じた。

気になった美弥さんは、そっと引き戸を開けて患者のベッドを覗《のぞ》いてみた。

すると女性はベッドから起き上がり、横に座っている男性と話をしていた。

女性の美弥さんから見ても、身に着けているスーツなどはどれも上質でセンスが良く、ほどよくくたびれているが、清潔感のあるお洒落な着こなしをした四十代ぐらいの男性だ。

こんな時間に家族の面会があるわけはなく、その服装から他の患者さんでもない。

美弥さんは男性がすぐに生きている人間ではないと感じ取った。穏やかな男性の容姿《ようし》とは裏腹に美弥さんの身体の芯で感じ取ったのは、熱をもたない死霊《しりょう》特有の気配だ。

しかし、霊とはいえ、全く悪意を孕《はら》んでいる感じはせず、むしろ優しい雰囲気に包まれている。

それればかりか、美弥さんがさらに驚いたのは、患者のベッドにはおばあさんではなく若い女性がいたことだった。

女性は嬉しそうに横の男性と話をしていた。

「私もすっかり年を取って、大きくなった孫を抱っこするのも大変なんですよ」

声や顔の作りから間違いなくその部屋の患者のおばあさんだ。どう見ても三十代ぐらいの若い女性にしか見えない。

不可思議な感じがしたが、邪魔してはいけないと思い、美弥さんは部屋の戸をそっと閉めて巡回に戻った。

翌朝、手術前に例のおばあさんのところに行くと、不安なそぶりも見せずににこにこしている。

そこで美弥さんはおばあさんに話しかけた。

「とっても嬉しそうですけど、何かいいことがあったんですか?」

「そうなの、昨晩亡くなった主人が私のところに励ましに来てくれたのよ、夢だったのかもしれないけど、主人は早くに死んじゃったものだから、自分はその分まで長生きしないといけないね」

おばあさんはこれから手術とは思えないほど元気そうに話してくれた。

そして、その日のおばあさんの手術は無事成功した。

……◘……　……◘……　……◘……

そこまで話して、美弥さんは本当に羨《うらや》ましそうに呟いた。

「たぶん死んだご主人に会って、おばあさんの生命力が身体に溢《あふ》れたんじゃないかなあ」

美弥さんは心の充実を感じたと言いたそうだった。

「やっぱり恋をしなきゃダメってことよ、お姉ちゃん」

興味深げに美弥さんの話を聞いていた瑞季さんだったが、そう妹に言われてふっと口を開いた。

「……でも美弥は彼氏いたことないじゃない」

その言葉を聞いて、僕は驚きでコーヒーを吹き出しかける。

「だ、だから頑張《がんば》ろうって言ってるんでしょ」

こんなにかわいい人でも彼氏がいたことがないのはミステリーだ。

ただの偶然なのか、それとも何か秘密があるのか、僕は少し好奇心が湧いた。

「美弥さんぐらい綺麗な人だったら、言い寄ってくる人は多いんじゃないですか?」

「ええっ、そうですか、でも言い寄ってくる人はちょっとその……体目当ての思いがほとんどで、気持ち悪くて」

「……思いが気持ち悪い?」

意味のわかりにくい言葉だったが、そのままの意味で取ると彼女は相手からの劣情《れつじょう》などを鋭《えい》敏《びん》に感じ取ってしまうということだろうか。

「だめ、だめ、美弥は感度が強すぎて、『君かわいいね』が『お前にエッチなことしたい』に聞こえるんだもの」

「そ、そこまでひどくないわよ。それに私、彼氏は真面目に慎重に選びたいもの」

二人のやり取りを聞いていて、美弥さんの心地よいテンポの受け答えは、周りからの良くない思いを敏感に感じ取ってしまう彼女にとっての処世術として身についたのかなとぼんやりと感じた。

エピソード❺

孤独の山

幽霊道路の一件から一ヶ月ほど経った、夏の暑い時期のことだったと思う。

その日、僕は教育係の黒川さんに付いて、県外の取引先へ商談に出ていた。

商談はお互いにとって良好にまとまり、その後、相手方の担当者におすすめのとんかつ屋に案内され、そこで遅めの昼食をとったのだ。

僕達は出張先の仕事が終了して気が抜けたことと、ボリュームのある昼食をとったことでかなり身体が重たくなっていた。

「あ～、なんだか帰って仕事する気がなくなっちゃったわね」

黒川さんは僕が運転する社用車の助手席シートに深く身体を沈ませながら呟いた。

「でも、今から帰ったら終業時間前についちゃいますね」

職場までは県境を越えて、約一時間の道のりだ。このまま直帰したいところだが、かなり中途半端な時間だった。

「よし、商談はうまくいったんだし、今日はもう仕事は終わり! コーヒー飲んで時間つぶしましょう」

「え、いいんですか?」

教育係のサボリとも取れる発言に嬉しい反面、驚いた雰囲気を出してみる。

「休憩を上手く取ることが仕事の能率を上げるコツよ」

確かに彼女は仕事のできる女性だったので、そういうものなのかなと思った。

「息抜きの行きつけカフェをもつことも大事なことよ」

そこまで言ってしまってはやっぱりサボりじゃないかなと感じたが、何も言うことはしなかった。

「それじゃね、D市に美味しいケーキとコーヒーのお店があるのよ、そこ行きましょう」

僕は聞く耳を疑った。D市は今、僕達が出張に来ている県のさらに北隣にある。職場とは正反対の方向だ。

「え、いや、D市って、T県のですか?」

「そうよ」

「遠すぎですよ」

「高速使っていけば一時間ぐらいだから大丈夫よ」

黒川さんがこんなにも活動的な一面があるとはかなり意外だった。

初めて職場に配属されたときは仕事以外では関わってはいけないような、ミステリアスで静かな雰囲気をまとっていたので、私的な人間関係の構築には無関心な人だと勝手に思っていた。

しかし、別の先輩に聞いたところ、このような職場での認識になってしまったのは彼女がたびたび職場で起こる霊的な案件に関して対処するうちに、周りの対応が変わっていったからしい。

そう言われて思い出したが、僕自身も自殺した親友の霊に憑《と》りつかれそうになったとき、彼女の助言にかなり不信感を抱いていたのだ。

そのあとすぐ霊に憑りつかれる寸前のところを助けてもらっていなければ、彼女のことをちょっと変わった人として避けるか、表面的な付き合いだけになっていたと思う。

教育係として近い距離で接することになった僕を彼女がどう思っているのかはわからない。だが、彼女の意欲的な関わり合いを目の当たりにすると、弟のようにかわいがってくれているような気もする。

どのみち今回のサボりの件についても教育係の彼女の命令には従うほかないのだ。


高速を使って訪れたカフェでは、黒川さんおすすめのチーズケーキを注文し、お会計のときには黒川さんが家族の分のお土産も買っていた。

「ここは私が払ってあげる、高速代ね」

一瞬、悪いですよと言おうとしたが、ちょっと考えるとコーヒー代だけでは往復の高速代のほうが高額だ。この高速代は交通費として申請できないので、もちろん僕の自腹になる。

いやいや全然足りてないしとみみっちく思ったが、もちろん文句は言えないのだ。

カフェから出てしばらくすると、黒川さんはうつらうつらし始めた。

「ちょ、ちょっと寝ないでくださいよ」

「……寝ないわよ、寝ているように見えても、じつは起きてるからそのように扱うように」

そう力なく話したので、それを信じて運転を続けたが、ふと横を覗くとすでにまぶたは閉じられて軽く寝息まで立てている。どう見ても寝ているようにしか見えない。

くそっ、寝顔はさらにかわいいなあと憎々しく思いながら、携帯で写真を撮ってやろうかと思ったが、じつは起きてるからと言われていたので、起きてるんじゃあ写真は撮れないよなあ、と諦《あきら》めた。

そんなことを考えているうちに、帰りの高速のインターが近づいてきた。直進すればそのまま高速に入るが、目の前の道路案内を見ると、右に曲がって県道に入れば、県境の山脈を越えてもといた出張先の県につながっているようだった。

「時間はまだ十分あるし、高速代も全額もらってないしなあ」

一応、僕は横の黒川さんに尋ねてみた。

「黒川さん、帰りは高速じゃなくて下道で帰りますよ」

反応はなかったが、じつは起きてるらしいので一応確認はした、ということにして、右折して山越えの道に車を進ませた。

しかし一時間後、僕は全く後悔していた。

太陽の位置から方角はわかるのだが、斜面に沿ってくねった山道は本当にもといた県に通じているのか見当がつかない。分かれ道はなかったので、おそらく道は合っていると思われたのだが、初めて通る道なので自信はなかった。

県外に出るときはほとんど高速を使っていたので、あらためて日本の高速道路は山谷に関係なくまっすぐに作られているなあと感心した。

日が長い時期とは言っても、さすがに景色は薄暗くなってくる。

「くそお、千円ぐらいケチるんじゃなかった」

今になってなんでこんな道を選んでしまったのだろうと、後悔していた。途中で黒川さんが起きてしまえば、勝手にルートを変更したことを咎《とが》められるのはわかっていたのに。

助手席の彼女が起きたらなんて謝ろうと言い訳を頭の中でぐるぐると考えていたそのとき、不意に彼女が唸《うな》り出した。

「もう、さっきからうるさいわね」

不機嫌そうに言うとゆっくりと目を開け、「あれ、ここどこ?」とでもいうような表情で窓の外の景色をぼんやりと眺めている。

しかし、数瞬後、何かに気づいたかのように叫んだ。

「ちょ、ちょっと止めなさい!」

「あ、ご、ごめんなさい、勝手に下道の山越えを選んでしまって」

「え、下道、山越え?」

山越えと聞いて少し彼女は考えだした。

「いや……それはいいからとにかく車止めなさい」

何を言われるか怯《おび》えながら車を山道の脇に止めると、彼女は何も言わずにゆっくりと車から降り、道路に立って周りの山をぐるりと見渡した。

怒られると思っていた僕は何をしているのだろうとその光景を眺めていたが、そのうち運転席側に来て運転を代わるように言われた。

言われるままに黒川さんと交代し、助手席に座ると彼女はゆっくりと車を発進させた。

どうして交代したのか疑問に思ったが、怒っている様子ではなく、運転しながら何かを探しているかのように視線の向きをあちこちに動かしている。

今までの経験から、こういうときの彼女はあまりよくない何かを感じているときだった。

「な、何か、いるんですか？」

「……たぶん、ね」

それを聞いて、僕は余計に緊張して黙ってしまった。

そうしているうちに、山道の右手側にそこそこ広い駐車場のようなスペースが見えてきた。

「あ！」

思わず驚きの声をあげてしまう。

木々に覆《おお》われたその薄暗い広場の中にぼんやりと淡い光が見えたのだ。

光を確認したからか、黒川さんは広場の入り口付近で車をゆっくりと止めた。

僕は出たと思い固まりながら、その光る物体を見たが、次の瞬間、あることに気がついた。

よくよく見ると、淡い光のもとで若い女の子が携帯電話で話をしているのだった。

こちらからは後ろ姿しか見えないのではっきりとはわからないが、高校生ぐらいに見える。

「な、なんだ携帯の光か、びっくりした」

黒川さんが何かいると言うから警戒していたが、一気に緊張が緩《ゆる》んでしまった。

あの女の子は彼氏とドライブ中かな、でも車が見当たらないな、などと考えながら、黒川さんを見ると、彼女は張り詰めた表情で広場にいる女の子を凝視していた。

「だめね」

「逃げるわよ」

黒川さんが少し考えるように呟いた。

そう言うと車を緩やかに発進させ、そのまま広場を通り過ぎてスピードを上げていく。

「え、なんですか、今の女の子がどうかしたんですか?」

「あれはやばいわ」

彼女がやばいと言うことは、少なくともこの世のものではないのだろうか?

「いやいや黒川さん、さっきのはさすがに普通の女の子に見えましたよ、携帯電話で話もしていましたし」

訝しげに尋ねると、彼女は軽く笑みを浮かべて口を開く。

「こんな山の中で誰と携帯電話で話すの?」

はっとした。確かにこんな山奥、完全に通話圏外だ。

すぐに自分の携帯でも確認したが、当然圏外だった。

「アンタは聞こえてないみたいだけど、さっきからずっと『だれかたすけて』、『ここはさびしい』って聞こえてるのよね」

そう言われ、僕は耳を澄ましてみたが、何も聞こえはしない。

しかし、彼女にはこの世のものでない者の助けを求める声が聞こえるというのだった。

さっき彼女が目覚めたときにうるさいわねといった意味がそういうことだとすると、いったいどれほどの範囲でその声が聞こえているのだろうか。

「で、でも、助けを求めているんだったら、何も逃げなくても」

脇目も振らず、さきほどの場所から逃げているのは少し薄情な気もする。

「私もちょっとそう思って、あれを見てたんだけどね」

そこまで言っていったん彼女の言葉が止まる。

「でも、あれはやばい、助けを求める思いと同時に、誰でもいいから仲間にしたいというドス黒い思いも感じたわ、たぶん全く話にならない、下手をするとこっちがあの子の仲間入りよ」

人の往来もまばらなこんな山奥で、見た目は普通の女学生なのに、どうしてあの黒川さんが関わらないほうがいいと判断するほどの怨霊《おんりょう》がいるのか。

「……それって殺人や自殺とかの事件がらみなんじゃないんですか?」

「……余計に私達では関われないわよ」

「……たすけてよ」

突然混ざる不吉な別の声。

今度は僕にも聞こえた。

頭の中に直接響いてくるかのような低い澄んだ女の子の声だった。

そして、後部座席から明らかに異様な気配が漂《ただよ》ってきている。

車に乗ってこられたのは明白だ。

「……でんわ、つながらないの」

「振り向いちゃだめ！　取り込まれるわよ！」

振り向こうとした僕は黒川さんのその言葉に身体が固まってしまった。

「……たすけてよ、たすけてよ」

続けて女の子の苦悶《くもん》する声が響きわたる。

「私じゃどうにもできない、帰りなさい！」

「……さびしいよ、さびしいよ」

「無理って言ってるでしょ、ついてこないで！」

山道を勢いよく走行しながら、黒川さんは女の子の話を一切受け付けようとはしない。

時間が止まったかのようなやりとりの中、後部座席から伝わってくる息苦しさが一層強くなってきた。

あまりの緊張感に動揺し、僕は咄嗟《とっさ》にミラーで後ろを見てしまった。

そこで僕が見たものは先ほど広場で見た女の子ではなかった。

輪郭だけは女の子だ。

しかしその姿……中身は真っ黒だった。

まるで彼女の孤独と絶望を体現したかのような闇。

「……ざんねん」

囁くような落胆した声。

広場からかなり離れたからか、徐々に声の響きが弱くなってくる。

ミラーの中で彼女は、最後の言葉を発して消えていった。

「……つぎにきたら、しんでいっしょになろうね」


山道を走るうちにほどなくもとの県の街中に出ることができた。

「……もう大丈夫でしょうか？」

女の子が消えてから、黒川さんは無言で運転し続けていた。

「たぶんね」

「すいません、僕が勝手に変な道に入ったせいでこんなことになって」

「いや、たぶん引き寄せられたのかしらね」

「引き寄せられた？」

ふっと一瞬彼女の瞳が僕の顔を覗き込む。

「……アンタは優しいから、ついてこられやすいのかもね」

波長が合ってしまったのか、僕が無意識のうちにあの女の子の声に引き付けられてしまったのではないかという。

優しいから——言葉だけ聞くといつもの皮肉のようにも思えるが、そのときは何か違った響きが込められているように感じてしまった。僕の性格が霊に付け入られやすいものだから、そのことを心配している思いも彼女が僕の教育係を引き受けてくれた理由の一つなのだろうか。

「それにしても激しく撥《は》ね付けてましたね、もっと優しい言い方しても良かったんじゃ……」

「はっきり拒絶しないとすがりつかれるからね」

おそらく僕なんかの常識では推し量ることのできない、彼女の経験からの行動だったのだと思われた。

色々考えても仕方がない、僕達にはあの女の子にしてあげられることは何もないのだから……。

「……でも」

それでも僕の胸に何かがこみ上げてきて、不意に言葉が漏《も》れてしまう。

「どうしたの?」

「あの子は……これからも待ち続けるんでしょうか?」

つい口をついたこの問いにどれほどの意味があったのか、今でもよくわからない。

彼女は少し悲しそうな表情をするだけで、何も答えてはくれなかった。

エピソード⑥ ゆめちゃん

山で恐ろしい女の子の霊に遭遇してから一ヶ月ほど経過した、まだまだ残暑のきつい時期だったと思う。

その日、僕は黒川さんと取引先の事務所を訪れていた。高遠《たかとお》さんという事業主で、私的に話したいことがあると呼び出されたのだ。

「わざわざ来てもらって悪いね、それとこの前はうちの息子の結婚式に来てくれてありがとう」

「いえ、高遠さんにはいつもお世話になっていますから」

黒川さんはにこやかに受け答える。

この高遠社長は僕の高校時代の先輩の父親でもある。その先輩は以前、いわゆる霊感のある黒川さんに心霊ストーカーの相談を持ちかけたことがあった。

彼は仕事場の女の子を妊娠させたためにその彼女から生霊を飛ばされていた。危うく死にかけたところを黒川さんに救ってもらい、結局責任を取ってその女性と結婚することとなった。

だが、その先輩と違って父親はとても誠実な方なので、ギャップには考えさせられる。

黒川さんからは「人格者の子供が人格者とは限らないでしょう」と一蹴《いっしゅう》されたが……。

「いや、じつは相談というのはね、うちのえっちゃんのことなんだけど……」

えっちゃんとは、まさしく生霊を飛ばしていた従業員の絵梨花《えりか》さんのことと思われた。

「彼女ね、最近ゆめちゃんが視えるようになったって言うんだよ」

ゆめちゃんという名前は聞いたことがなかった。

絵梨花さんもまだ出産はしていなかったはずなので、お孫さんの名前でもない。

黒川さんもよくわからないようで怪訝《けげん》な表情をしていたが、すぐに何か思い出したように言った。

「……ゆめちゃんって、高遠さんもしかして」

「そう、黒川さんが前に解決してくれた事件の女の子だよ」

高遠社長の事件、そういえばストーカー相談のときにも聞いた覚えがあった。

黒川さんも何か思いやるような動作を見せる。

「うーん、別にあの子に関しては視えるだけなら特に問題はないと思いますよ」

黒川さんは心許なさ気ではあったが、高遠社長に答える。

「うん、僕もそう思っていたんだけどね」

含《ふく》みが感じられる言い方だ。

「じつはね、ちょうどえっちゃんが視えるようになった頃から、ゆめちゃんの姿が変わってきてるんだ」

「……姿が変わってる、どういうことですか？」

少し当惑したような表情で黒川さんがゆっくり問いかけ直す。

「あ、あの、話が全く見えないんですけど……」

二人の話についていけなくなった僕は、妨《さまた》げになるのはわかっていたが、話に割り込んだ。

「あれ、今まで話したことなかった？」

「ないですよ！」

以前の事件に関しては間違いなく聞いたことがなかったので即答した。

「まあ、まあ、せっかくだからあのときの話もしようか」

社長がそう言ってくれたおかげで、僕はその事件の詳細について聞くことができた。


……◘……　……◘……　……◘……


黒川さんがこの事務所に営業に来るようになって、しばらくしてからのことだ。

その日、黒川さんが事務所に入ると、高遠社長がどこか別の会社の営業と思われる人物と話をしていた。

「だからね、私の他にも見たって従業員もいるんだよ。この物件、何か変ないわくがあるんじゃないの？」

どうも横で話を聞いていると社長が話をしているのは不動産屋のようだ。

社長は山のふもとの空き物件を新事務所兼工場として購入して、古い事務所から引っ越してきたばかりだった。

しかし、その事務所でどうも幽霊らしきものが出ると話しているように聞こえる。

「ですから、ここがいわゆる事故物件などということはありませんので……」

不動産屋の担当者は困った表情で説明していた。

「けどねえ、着物の女の子が事務所の中や庭で見えたりするんだよなあ」

不動産屋も本当に何も知らないようなので、社長もお手上げのようだった。

「……あのぉ、すいません」

横で聞いていた黒川さんはおそるおそる彼に話しかけてみた。

「ああ、黒川さん、ごめんね今日はちょっと取り込んでて、悪いけどまた今度にしてもらえるかな」

社長は黒川さんに気づくなり、にこやかに応対する。

「いえ、先ほどから話をされている着物の女の子というのは、ちょっとふんわりしたくせ毛の長い髪で、昔話に出てくるみたいな粗末な着物を着た女の子ですか」

意外な言葉を聞いた社長はびっくりしたようだった。

「え、君も視えるの?」

「ええ、まあ、今まで訪問させていただいたときも何かいるなあとは思って見ていたんですが」

「なんで黙っていたの?」

「まあ、そんなこと普通にしゃべっていたら、変な人に思われてしまいますので、いつもは何か問題になるか、聞かれるまでそんなことは話したりしないんです」

彼女は自分がいわゆる霊感のある人間で、プロではないが今までも身内のこのような案件相談にのってきたことを詳しく説明した。

「じゃあ、ちょっと教えてほしいんだけど、君はあの女の子が何者かわかる?」

思いがけない展開に、社長もおそるおそる尋ねてくる。

「うーん、まずあの子は少なくとも悪霊みたいなものではないと思います」

「えっ、なんでわかるの?」

「いえ、普通悪霊なんかが棲《す》み着いていたり、因縁のある悪い土地だったりするともっとこう……

建物の雰囲気が悪くなるんですけど、ここはそんなことないですし」

「でも、だったらあの女の子はなんでここに現れるの?」

「そこなんですけど、あの子がどこから来ているのかちょっと調べてもいいですか?」

そして社長の承諾を得ると、事務所と工場の中を色々と調べて回った。


しばらく探索していると、一階のベランダのあたりで何かを見つけた。

「あっ、いた」

黒川さんは発見した女の子を追いかけた。

社長もあとに続いて庭へ出てきた。

行き着いた先は、作業所の裏手に植わっている桜の木だった。

「……これですね」

「え、なに?」

「たぶん、この桜の木があの女の子です」

「えっ、意味がよくわからないんだけど」

「うーん、どうしても一言で説明するなら、いわゆる木霊《こだま》でしょうか」

木霊――字のごとく木に宿る霊。

「……木霊、ああ、なんか外国の童話とかで見たことがあるよ」

「自然界の気の流れなどは専門ではないので確定的なことは言えないのですが、裏手の山から降りてくる気脈《きみゃく》の力がこの桜の木に強く及んでいて、それによって女の子の姿をした木霊が木に宿り、近くを戯《たわむ》れて回るという影響が出ているのではないでしょうか」

「気脈……なんでその気の集まりが女の子の姿になるの？」

「推測に過ぎませんが、この土地の昔の人の姿を反映しているんじゃないでしょうか」

結局、木霊の女の子は木の周りで遊んでいるだけで特に害はないので、あまり気にしないでいいという結論に至り、とりあえず問題は解決した。


……◘……◘……◘……


僕は彼女の話をひと通り聞いて、あらためて何が気になっているのか高遠社長に尋ねてみた。

社長の話によると、絵梨花さんも最近になってこの木霊の女の子が視えるようになったらしく、この幻想的な存在にかなり入れ込んでしまっているそうだ。

そして、絵梨花さんと呼応するかのように木霊の女の子の姿が変化してきているらしい。

入れ込むということがどういうことか具体的にわからなかったので、連れられて見に行くと事務所の窓際のところに神棚を模したようなものが設えてあり、お菓子などがお供えされていた。

椅子やクッションもあり、まるで憩いの応接スペースのような感じだ。

社長によると、絵梨花さんのお願いに応じて従業員がこしらえたらしい。

そこに当の絵梨花さんが僕達を見つけてやってきた。

「あ、瑞季さん来てくれてたんですか、嬉しいです」

絵梨花さんは本当に嬉しそうに黒川さんを出迎える。

まるで憧れの芸能人が訪ねてきたかのような感激ぶりだった。

黒川さんいわく例のストーカー事件のあと、どうもかなりなつかれてしまったようで……。

絵梨花さんはあまり目立たない感じで、とびきりかわいいとかスタイルがいいとかそういうことはないが、優しくて気配りのよくできるほんわかとした雰囲気の女の子だった。

そのため、ある程度お付き合いができて、その人となりがわかってくると、あのような呪いの生霊事件を起こしたことが僕には信じられなかった。

「瑞季さん、どうですか、ゆめちゃん用のスペースを作ってみたんですよ」

絵梨花さんはにこやかに説明し始める。

「な、なまえもつけたんだ、えっちゃんも視えるんだね」

「そうなんですよ、最初は視えなかったんですけど、お義父《とう》さんから話を聞いて、気になっていたら少しずつぼんやりと視えるようになってきたんです」

詳しく聞くと、絵梨花さんにはいわゆる霊感はなく、今までも幽霊などの類《たぐい》はほとんど見たことがなかったようだ。

しかしあの桜の女の子は、意識していると徐々に視えるようになってきたらしい。

「それとですね、わたしとお義父さん以外の従業員はほとんど視えないので、絵に起こしてみたんですよ」

彼女はそう言って一枚の絵を持ってきた。

大きめの色紙のような厚紙に女の子の絵が描かれている。

「す、すごい達者に描いてるわね、それにしてもちょっと誇張しすぎじゃない？」

黒川さんは絵の出来に固まっているようだったが、僕も見てびっくりした。

そのゆめちゃんが、水彩画のようなタッチでかわいらしく描かれている。

誇張と黒川さんが言ったのは、まるでアニメや少女漫画に出てくる女の子のように可憐に描写されているからだった。

あとで高遠社長から聞いたのだが、絵梨花さんは漫画やアニメ、イラスト等に造詣が深く、じつはゆめちゃんという名前も絵梨花さんが当時はまっていたゲームのキャラクターから付けたそうだ。

「おなかちょっと大きくなってきたね」

「そうなんですよ」

まだ新婚さんだったが、出来ちゃった婚なのですでにお腹が少し目立つようになっている。おそらく社長が相談したのも、生まれてくる孫のことも心配してということもあったのだと思われた。

絵梨花さんが仕事に戻ってから、僕達はとりあえず姿が変わったという木霊のゆめちゃんを見てみようと庭に出ていってみる。

そして、事務所の裏手にまわり、例の桜の木を見て黒川さんが驚きの表情を浮かべる。

「あの子の存在が高まってる」

「どうしたんですか?」

黒川さんによると、以前視たときは昔話に出てくる農民のような着物姿だったそうだが、今は絵梨花さんのイラストに描かれていた通りの、整えられた髪型と桜の柄の着物に変わっているらしい。

「それって、どういうことなんですか?」

「……たぶんえっちゃんの強い念があの子の中に入っていったということかしら」

黒川さんの推察によると、もともと生霊を飛ばすぐらい念の強い彼女が桜の木霊の話を高遠社長から聞いて、好奇の念を送ってしまったのではないかという。また彼女が絵に姿を描いたから、ここの従業員があの桜の木にはこんな霊がいると認識して、一種の信仰心的な念が集まったのかもしれないそうだ。

「それって神様みたいになったってことですか?」

「まさか、そんなレベルではまだ全然ないわよ、でもお互いにいい影響を与えているようだし、いいんじゃないのかな」

確かにゆめちゃんという木霊にとっても、綺麗になる気を送られているのであれば、良いことのように思える。

前回と同様、特に問題はないようだったので、彼女は社長に説明した。

問題はないといっても、さすがに社長は苦笑いをしていたが……。

その後の話だが、産まれた絵梨花さんの娘さんも、ゆめちゃんの姿が視えるらしい。

春に社長と従業員が、お酒もかなり入って騒がしくお花見をしていると、「ゆめちゃんがうるさがってるでしょ」と、娘さんがみんなに注意したというお話を、絵梨花さんが笑いながら話してくれた。

藍の記憶

心霊サイト

「今度行くのはどこがいいかな、あ、ここいいかも、サイレンの館かあ」

その日、私は会社のお昼休みに朝作った塩味キャベツパスタ弁当をフォークで巻き巻きしながら、会社のパソコンで心霊スポットの特集サイトを閲覧していた。

もちろん私的な使用だが、電気代の節約のためには背に腹は替えられない。そこで社長に、通信費として経費に計上するほうが安く上がるからと、自分の給料からの天引きを持ちかけると、社長は戸惑いながらも休み時間の無償使用を許可してくれた。

次の機会に友達と探訪する心霊スポットを物色していると、背中から声をかけられた。

「藍《あい》ちゃん、またパスタ弁当なの、今日はなんのパスタ?」

食事中にいきなり下の名前で呼ばれたので少々驚く。

話しかけてきたのは、よく見かける取引先の営業のお姉さんだった。

「また……って、いつも覗いてたんですか、それとパスタはパンやご飯に比べてコストパフォーマンスがいいんですよ、私、お金ないですから」

ご飯もいいけど、どうも値段を比べてみると、パスタの割が一番いい気がするのだ。

味付けと具材を変えることで、野菜もとれるし、飽きづらくすることもできた。

「それにしても、心霊スポットのサイトなんか見て……そういうの好きなの?」

「これは今度友達と行く心霊スポットを探していたんです、心霊スポットいいですよ、お金をかけずに盛り上がることができるし」

一番の理由はお金とはいえ、ドライブ気分で心霊スポットを探索して、その後皆で深夜もやってるハンバーガーショップでおしゃべりすることが今の私の一番のレジャーだった。

そのとき、不意に私は今まで抱えていたある悩みを思い出した。

ちょうどいい機会なので目の前のお姉さんにその悩みを聞いてみようと思った。

えっと、でもこの人名前なんだっけ、確かうちの社長や従業員が黒川さんとか瑞季ちゃんとか呼んでたような……。

「瑞季さん、ちょっと聞きたいことがあるんですけど」

「なに、瑞季って、初めて話するのに馴れ馴れしいわね」

自分だって私のことを下の名前で呼んだくせにと思ったが、話をするのはまんざらでもなさそうだった。

「うちの社長から聞いたんですけど、瑞季さんって、霊とか視える人なんですよね?」

私がそう言うと、彼女は露骨に嫌そうな顔をする。

「……そうだけど、あの社長、また余計なことを……」

そう毒づいてはいたが、おそらく自分も心霊スポットのサイトについて話を振ってしまったので、無視はできないと諦めたようだった。

「私、今までいろんな心霊スポット行ったんですけど、全然霊とか怪現象に遭遇することができなくって……どうやったらちゃんと心霊スポットで怖い目に遭えるんでしょう?」

私が行った様々な心霊スポットはそれなりに雰囲気もあったが、いわゆる心霊系の怖い話にあるような霊に襲われるだとか、憑りつかれるという経験はなかったのだ。

「よかったら瑞季さん、今度私達と一緒に心霊スポット行ってくれませんか?」

「パス。私、心霊スポットとかむしろ嫌いなほうだし、なんでわざわざ怖い目に遭いに行かなくちゃいけないのよ」

お誘いは即答で却下だったが、その物言いは怪現象に遭遇するのなんて簡単よと言っているようにも聞こえる。

「えっ、怖い目に遭えるんですか、じゃあ参考程度でもいいですから方法を教えてくださいよ」

私の問いかけに彼女は少し考えるようなそぶりを見せた。

「そうねえ、じゃあ今度友達と行ったときに途中で一人だけはぐれて行動したらいいかもしれないわよ」

「……そんなことで効果あるんですか?」

「あるわよ、襲う霊のほうだってちゃんと相手を値踏みするんだから、そりゃ集団でワイワイいるより、女の子が一人ではぐれているほうが襲ったり、憑りついたりしやすいわよ」

「……理屈はわかりますけど、なんか人間みたいですね、霊なのに」

「……人間だよ、ほとんどの心霊スポットの怪現象を起こしているのは」

人間が怪現象を起こしている……私達はただなんとなく心霊現象を何かゲームのモンスター

のように捉えているところがあったが、目の前の視えるお姉さんに真顔で指摘されるとあらためて霊は私達と同じ人間から生まれた存在ということを認識してしまう。

「ちょ、ちょっと、そんなリアルなこと言わないでくださいよ。人間がだなんて、怖いじゃないですか」

「……怖い目に遭いたいんでしょう？」

「あ、いや、そ、そうなんですけど……」

なんだか自分でも何を言っているのかわからなくなったので、一つ一つ整理してみた。

「えっと、できれば幽霊とかには遭遇したいんですけど、それほど危なくない方向で、適度に仲間うちで興奮できればいいなあ、と」

「贅沢な悩みねえ」

なんだか呆れられてしまい、ばつが悪くなったので、話題を微妙に変えることにする。

「それよりこれ見てくださいよ、サイレンの館、今度ここ行こうと思ってるんですけどどうですか？」

「ふうん、山奥にある廃墟になったお屋敷で、今人気のある心霊スポットねえ……」

「ほら、コメントとかもいっぱいついてて、良くないですか？」

私はそう言って多くの人が投稿しているコメント欄を開く。

最新のものでは二日前の土曜日にＡＭＡというハンドルネームの人が今夜行ってきますよ、帰ってきたら記事もあげますね、とコメントを残していた。

瑞季さんも興味をもったのか、カチャカチャとマウスを操作して投稿されたコメントを流し見ていた。

「藍ちゃん悪いけど、このサイレンの館ってとこ、やばいかも……」

「え？　コメント欄に何かあったんですか？」

「いや、ここなんにもないのよね」

「え、ないって」

「サイレンの館に行ったあとのリポートとか、すごかったよとかの感想が……なんにも」

言われて詳しく見ると、確かに行ってきますとか、やばそうとかいうコメントはたくさんあるのに、実際に行ったあとのコメントが一つもないのだ。

二日前のAMAという人にいたっては記事を上げますとコメントしていたのに続報が何も入っていない。

普通に考えれば、次の日が日曜日なのでもうコメントが投稿されていてもいいはずなのに……。

気味が悪くなりながらも私は瑞季さんの忠告を否定したいかのように、コメント欄へAMAさんのスポット探訪記事を促す内容の投稿をしてみた。

ちょうどすぐあと、サイト内を巡りながら、もとのコメント欄に戻ってくると、くだんのAMAさんの新コメントが投稿されていた。

〈サイレンの館、行ってきましたよ。ごめんね報告が遅れて、もうほんとすごかった。実際に現場で経験してほしいから詳しくは書かないけど、若い女の子が喜びそうなすごいことがいっぱい

あったよ〜〉

「なんだ普通に投稿してるじゃない、瑞季さんが変なこと言うから気にしちゃったよぉ」

ほっとした次の瞬間、瑞季さんが背後からいきなり両手で私の胸を触った、いや、触るというよりがっつり握っている感じだった。

「ひゃああ、な、なにするんですか！」

「うわ、実際に触ってみるとすごいボリュームだね、何カップ？」

「イ、Eカップ……です、な、なんなんですか、帰ったんじゃないんですか、お金取りますよ！」

「いや、帰ろうとしてたんだけどさ、パソコン画面から変な念が感じられてさ、藍ちゃんがそれに取り込まれてる感じだったから」

「はあ、パソコン画面？」

そう思ってもう一度画面を見ると……ない、なくなっている。

さっきまで目の前で閲覧していたＡＭＡさんの最新投稿が……。

「パソコンから誘い込もうだなんて、やるわねえ、これはなかなかの心霊スポットだわ」

「なんだったんですか、今の？」

「心霊スポットからのお誘いかなあ」

「え、そ、そんな話聞いたこと……」

「う〜ん、そうね、探訪した廃病院からカルテ返してって電話がかかってくるお話は聞いたことがある？」

「あ、はい、有名な心霊スポットエピソードの一つですよね」

「それのパソコン版かなあ、電子機器を使った接触という点ではおんなじだし」

呆然としている私を尻目に瑞季さんは気をつけなさいよと言って帰っていった。


彼女が帰ったあとも私はまだ状況が整理できず、椅子に座ったまま動けずにいると携帯電話に着信があった。先ほどの件が思い起こされて、もしかして心霊スポットからかと心臓が跳ね上がったが、着信はいつも一緒に心霊スポット探訪をしている親友からだった。

「アイ〜、私すっごいとこ見つけちゃった」

「な、なに?」

「今度行く心霊スポットなんだけど、だいぶ前につぶれたテーマパーク跡の情報。手に入れちゃってね、ネットにもまだ出てないからかなりの穴場だよ」

「……う、うん、いいね、それ」

なんだか、潮が引いてしまったようになってしまった私はテンションの高い親友の言葉に相槌《あいづち》を打つのが精一杯のまま、通話を終えた。

「ふう、何やってるんだろう、私……」

結局、気持ち悪くなった私はサイレンの館が掲載されているサイトを閉じ、インターネットのお気に入り欄と閲覧履歴から心霊スポットの特集サイトをすべて消去した。

エピソード⑦

白護病院

僕が地元で就職した一年目の秋に起こった事件だ。

その日、僕は取引先である高遠さんの事務所を訪れていた。そこでの仕事の話が終わったあと、僕の高校時代の先輩でもある、社長の息子さんと世間話をしていた。

「先輩、奥さんはもう産休に入ったんですか?」

「ああ、本人はぎりぎりまで仕事を続けたそうだったけど、もうさすがに休ませたんだよ」

奥さんの絵梨花さんは会社で事務員をしていたのだが、出産間近になったことで産休に入ってもらい、代わりの女性事務員さんを雇ったという。

新しい事務員さんは絵梨花さんの知り合いで、ちょうど職を探していたらしい。

そんな話をしていたのだが、不意に先輩から今日変なことがあったんだと切り出された。

「おまえ、市内の病院なんだけど、白護《はくご》病院って知ってるか?」

白護病院――そんな名前の病院は見聞きした覚えがなかった。

「今日、その病院の玄関照明が切れてるってことで、修理依頼が警備会社から来たんだけどさ」

「えっ、先輩のところって、照明関連の仕事もやってるんですか?」

「いや、やってない」

そう言うと、先輩は今日あった出来事を話し始めた。

その日の朝、警備会社からファックスで一件の依頼通知が届いた。すぐあとに先方から電話での連絡があり、事務員の藍さんが受けた。

依頼内容は白護病院という施設の玄関照明が切れたので、交換してほしいということだった。

その病院の名前には覚えがあった。以前、倉庫の奥の棚に白護病院用と書かれた段ボールを見かけ、中には箱の印刷が褪《あ》せるほど古い型の照明球と蛍光灯などが入っていたのを確認したことがある。

だが、それにしてもおかしな依頼だった。最初、電話を受けた藍さんが、うちは照明関連の仕事はしていないので間違いではないかと説明したが、警備会社の担当者は社長に伝えてくれたらわかると言うだけだったようだ。

しかし、そのとき社長は県外に出張中で不在だった。

じつはその日、先輩は朝から腹の調子が悪く、仕事のやる気はかなり低めだったそうだ。

それで、照明の修理とは言っても、切れた球《たま》を換えるだけなら素人《しろうと》でもできる簡単な仕事なので、さぼる意図も込めて俺が行ってくるよと返事してしまった。

先輩は事務所を出て、警備会社から送られてきた依頼書を見ながら車のナビに白護病院と打ち込んだ。

しかし、検索結果には何も表示されない。

病院なのにナビに登録されていないことに違和感はあったが、仕方がないので住所を直接打ち込み案内させることにした。

到着したのは山のふもとにある古い病院だった。

市街地からずいぶん離れた場所で、周りをほとんど現在は使われていないであろう廃墟のような共同住宅群に囲まれていたため、本当に近くまで来ないと施設の存在自体が全くわからない場所だった。

先輩は早速、正面玄関に行って病院の職員に挨拶しようとしたが、玄関には鍵がかかっていた。

それに施設の中に照明は灯《とも》っておらず、人の気配もしないので、廃病院だろうかと思ってしまうほどだ。

一応、依頼のあった玄関の照明を脚立で登って確認すると、夜に自動点灯するタイプのようで、確かに球が切れていた。

そこで持ってきた新品の球と交換し、手動スイッチで確認すると照明はきちんと点いてくれた。

これで依頼は完了だが、誰か責任者に確認のサインでもほしいなあと思っていると、朝から調子の悪いお腹がまた痛くなってきてしまった。

「くそっ、ここのトイレ貸してくれねえかな、誰もいないのかよ」

ぶつぶつ言っても、埒があかないので、もう帰ろうかなと車に戻ろうとしたとき、前触れなくガチャッと鍵の開く音が聞こえた。

驚いて振り返ると、正面玄関のガラス戸越しに奥へ向かって進んでいく女性看護師の後ろ姿が見えた。

「なんだ、職員いるじゃん」

ようやく話のできそうな人を確認した先輩は鍵の開いた玄関から中に入ってみた。

病院の正面玄関と言っても、見るからに古い建物でロビーも狭くいくつかの長椅子が置いてあるだけだった。

「あれ、さっきの看護婦どこ行ったんだ？」

看護師と思われる後ろ姿を確認して、すぐに入ってきたのに中には誰も見当たらない。

ロビーの中を見回していると、ふと院内が少し普通ではないことに気づいてしまった。

「なんだよ、この椅子」

ロビーに置かれている長椅子には埃《ほこり》がたまっている。

屋外ならともかく、屋内でこんなに汚れているのではもう長い間掃除などしていないようだ。

やっぱりここはもう廃病院なんじゃないのかと考えながら、ともかくも玄関ホールを通り過ぎて、職員を探してみた。

すると、廊下の途中にトイレを見つけることができた。職員は見つかっていなかったが、腹の具合も限界だったのでとりあえずトイレを使わせてもらうことにした。

しかし、一応廃病院ではないかということも考えて、用を足す前にトイレの照明をつけて手洗い場の蛇口をひねってみる。

照明は灯り、蛇口からはちゃんと水が出た。どうやら、病院自体はもう営業していないかもしれないが、施設としては電気も水道も生きているようだ。

そもそもそうでなければ玄関照明の交換なんかの依頼が入るわけないよなと、少し安心して一番手前の個室に入った。

思った通り、バリアフリーなどほど遠い和式だったが、仕方がないのでそのまま使った。

事が終わり、紙に手を伸ばしたそのとき、手が止まった。

トイレットペーパーの上に土埃がたまっていたのだ。

これにはさすがに極めつけの違和感を覚えた。

玄関ホールをほとんど掃除していないだけでなく、トイレも土埃がたまるほど誰も使っていないというのはどういうことだ。

気味が悪くなりながらも土埃で汚れた部分を避けて紙を使い、急いでトイレから出た。

とにかく誰か職員を探さないと、と思い廊下の奥を見る。

すると、突き当りに人間らしき影がゆらゆらと動いているが、暗くて見づらい。

ああ助かったぜと安心して呼びかけようとしたそのとき、先輩の携帯に着信が入ってきた。

見ると父親からだ。看護師を呼び止めるのと迷ったが、先に携帯に出ることにした。

「ああ親父、なんだよ?」

「藍ちゃんに聞いたけど、白護病院の依頼が入ってお前が修理に行ってるって?」

「ああ、そうだよ、照明換えるだけの簡単な依頼だったし、もう仕事は終わったよ、今は職員の人に報告しようと思って中に入ってるぜ」

「あ？　お前、中に入ってるのか、鍵がかかっていただろう！」

どうしたんだ、温厚な父親にしては珍しく乱暴な口調だ。

「なんだよ、確かに最初は鍵がかかってたけど、看護婦さんが開けてくれたんだよ、そのあとトイレも貸してもらって……」

そこまで言ったところで、父親が怒鳴ってきた。

「ばかやろう！　なにしてるんだ、早くそこから出て帰ってこい！」

今まで聞いたこともないような激しい口調だった。

「いやでも、修理の報告ぐらい……」

「そんなのいいから、早く帰ってこいって言ってるだろ！」

そこまで強く言われてしまうと仕方がないので、電球交換の報告もしないまま先輩は病院をあとにした。


……◘……　……◘……　……◘……


そこまで話をして、先輩は僕にもう一度問いかけてきた。

「な、変な話だろ」

確かに不思議な雰囲気のする話だ。そして、先輩はおそらくその白護病院とやらが正真正銘の廃病院で、見かけた看護師も幽霊だったのではないかとでも言いたいように感じる。

しかし、僕もちょうどそのとき自分の職場の教育係がいわゆる霊感のある人で、そのような事例に慣れ始めていたのかもしれない。自分の中で先輩の体験を少し考えてみた。

「先輩、でもそれはたぶん幽霊とかの話ではないですよ」

「……なんでそんなことが言えるんだよ」

「だって、よく廃病院の怖い話とかは聞きますけど、そもそも病院で亡くなっているのはほとんど患者さんで看護婦さんは死んでいないでしょ、だからいくら廃病院だからって看護婦さんは幽霊ではないですよ」

「ああ、そう言われてみたら、そうだな」

僕の話に先輩も納得している。我ながらいい推理だと思っていたそのとき、慌ただしく事務所の入口が開いて、先輩の父親の高遠社長が入ってきた。

さらにその後ろから、見覚えのある女性が続く。僕の教育係の黒川さんだ。

入ってくるなり二人は先輩の姿を確認すると、今すぐ出るぞと促してくる。

「え、なんだよ親父、今日は県外じゃなかったのかよ」

僕も突然入ってきた予想外の二人に驚いた。

「行くって、どこ行くんだよ」

「神社でお祓《はら》いだ」

「え、お祓い？　なんだよそれ」

「あ〜、もう、めんどくさいなあ」

一緒に入ってきた黒川さんが忌々《いまいま》しそうにうなった。

「本当に悪いね、黒川さん、でももうすぐ生まれる孫を父無し子にしたくないんだよ」

「ええ、わかってますけどね」

えっ、死ぬとか神社でお祓いとかなに言ってるのこの人達……状況が全く飲み込めず、物騒な単語に呆然として立ち尽くしていると、黒川さんは僕の姿も確認して呆れたように口を開いた。

「アンタもいたの、ついでだからアンタも来なさい」

求められて当然断れる雰囲気ではなかったので、先輩達と社長の車に同乗することになった。


黒川さんが運転席につき、車は発進した。

「ちょっと本当になんなんだよ、やっぱりあの病院がなんかあるのかよ」

走行中、先輩が父親を問い詰める。

「……社長、この話が他に広がってしまうことは避けたいですから、ちゃんと説明しましょう。そのために話を聞いたと思われる彼も連れてきたんですから」

助手席の高遠社長は躊躇しているようだったが、諦めたように白護病院について話し始めた。

その内容はまとめると次のようなことだった。

白護病院というのは当事者にだけわかるように名づけられた符丁《ふちょう》で、本当の名前は別にあったということ。

あそこはもともと精神病などの社会的に隔離が必要な患者のための病院だったこと。

しかし、そこでは患者に対する職員からの暴行や虐待が当時から噂されていたこと。

そのうちに看護師の自殺など変死事件が多発するようになったこと。

そして、施設自体も古かったこともあり、職員の犯罪をうやむやにする意味もかねて取り壊しが決まったこと。

「取り壊し……ですか、でも今もあるんじゃないですか?」

「そこからが問題なのよ」

社長に代わって、黒川さんが話し始める。

「職員が大勢変死したって言ったでしょ。ああいう精神病院の患者っていうのはもちろん精神を病んで入院する人がほとんどなんだけど、中には悪いものに憑かれている場合の患者もいるわけよ」

今まで黒川さんと見てきた霊障《れいしょう》を考えると、確かにそういう患者も精神病として入院しているかもしれないというのは理解できる。

「命がいくつあっても足りないから確認なんかしないけど、たぶんいたんでしょうね、大当たりのやばい奴が」

投げやりな感じで彼女は言葉を吐き出した。

「でも、取り壊しが決まってたんでしょう」

僕はもう一度高遠社長に確認した。

「そうだよ、そしてそういう物件の取り壊しを専門にやっている業者が実際に着手したんだ」

「専門の業者ですか?」

「聞いたことないかな、心霊的な問題のある物件に対応すると重機が壊れたり、けが人が出たり、色々とトラブルが起きるって話。だから割高の報酬でそういう物件も霊的なノウハウを持って取り扱う業者はいるんだ」

なるほど世の中にはどんな分野でも専門家がいるものだなあと感心したのだが……。

「そこの社長とは知り合いだったんだけど、あの病院の解体に着手したあと、連絡があってね」

高遠社長はある夜の電話のやり取りを話してくれた。


……◘……　……◘……　……◘……


その夜、高遠社長が眠っていると突然、電話の呼び出し音に叩き起こされた。

かなり遅い時間の電話に、高遠社長は長年の経験で何か嫌な予感はしたようだ。

電話に出ると知り合いの解体業者の社長だった。彼は白護病院のことについて一方的に話し始めた。

「……うちは商売だからもう諦めているが、世の中には触れてはいけないものというのはあって、あの病院はそういう場所だ」

その社長は続けて言う。

「あの看護婦達は殺されたあともあそこに縛られてあの世に行くこともできない。せめて私は殺されることになっても魂《たましい》だけは解放されたい」

彼は自分に何があってもいいように事業の準備を整え、あの病院に関わった従業員にも金としばらくの暇《ひま》を与えたと話した。

高遠社長は何があったのか何度も問いかけたが、返答はなかった。

「なあ、話したぞ、もうあそこには何もしない、しないよ、だからもうやめてくれよ……」

何者かに拝み倒すような必死の言葉。

「おい、そっちに誰かいるのか」

高遠社長は叫んだが、やはり反応はない。

しかし、電話が切れる直前、解体業者の社長とは別の何かが電話口で声を出した。

「チカヅカセルナ」

澱《よど》んだ声だが、若い女の子の声だった。


『近づかせるな』

確かにそう聞こえた。

今までの経緯から総合すれば、誰もあの病院には近づかせるなという意味だと思われた。

電話が切れたあと、高遠社長は何度もかけ直したが、二度とつながりはしなかった。

この電話のあと、高遠社長は行政側と協議をしてあの病院の情報を集め、肝試しの若者などがむやみに近づかないよう管理してもらうようにした。

もちろんその管理には高遠社長も一部携《たずさ》わっていて、廃墟に見えないように外観維持をする仕事が来ているという。

自分もあの近づかせるなといった声の主と関係してしまった。

それならばその要求通りに動かなければ、自分だけでなく自分の関係者にも何が起こるかわからないという思いからだった。

今回、その施設に導き入れられた息子に火急の事態を感じて、うちの会社のいわゆる霊感のある黒川さんに視てもらい、馴染みの神社にお祓いに行くようにしたのだ。

「それで、結局その解体業者の人達はどうなったんですか?」

僕は当然、気になったことを尋ねた。

「……知らない」

無感情に黒川さんは答えた。

「ああ、ごめんね、私もあのあとその社長とは会えてないんだよ」

困ったように微笑《ほほえ》みながら高遠社長は答えたが、どうなったのか知らないはずがない。

今自分の息子が同じ事態にはまっているかもしれないので、心配させないためにも察してほしい、ということはさすがの僕にもわかった。

その後、神社に着いて神職にも視てもらったが、特に何も憑いてはいなかったそうだ。

僕らはほっと胸をなで下ろし、そのときは一応解散となった。


それから、様子は見ていたが先輩に何かあったという知らせは入ってこなかった。

僕は心配だったので、後日高遠さんのところを訪問したときに先輩に状況を尋ねてみたが、特にこれといった霊障のようなものは起こっていないそうだ。

「たぶん、あのときはカッコいい作業員さんが腹痛で困っていたから、トイレを貸してくれたんだよ」

彼は軽く笑いながら言った。

「そんなものですかね」

僕は、この人本当に楽観的だなと感じながら答えた。

「もう、いいじゃないか、そういうことで……もうすぐ娘が生まれるんだよ」

よく見ると、明るい口調でしゃべってはいたが、目は全く笑っていない。

その様子を見て、僕もそれ以降、白護病院に関する話は出さないようにした。

エピソード⑧

幽霊タクシー

僕の就職一年目の冬に会社の忘年会が開かれたときのことだ。

皆そこそこ飲んでいたので、二次会がお開きになるタイミングで幹事がタクシーを呼んでいた。

たまたま、僕は家の方向が同じなので、教育係の黒川さんを送っていくことになった。

しばらく待っていると、僕達の乗るタクシーがやって来た。

すると、酔って少々ぼんやりとした目でタクシーを見た彼女が独り言のように呟いた。

「……あのタクシー、なんか変なのが憑いてる」

世間一般のいうところのいわゆる霊感のある彼女が変と言うのだから、大体幽霊や呪いなどの障《さわ》りがタクシーに及んでいることになるわけで、少し乗車を考えてしまう。

ただし、酔っぱらいの戯言《ざれごと》かもしれないので、僕は彼女をタクシーに乗せて運転手さんに行先を伝えた。


黒川さんを先に乗せたので彼女が運転手の後ろ、僕が助手席の後ろのシートに座った。

「今日は歓送迎会ですか、いいですねえ」

ほのぼのとした口調で運転手さんが話しかけてきた。

決してうるさい感じではないのだが、こちらは何もしゃべらないのに勝手に色々と語り続けてくる少し苦手なタイプだ。

そんな中、タクシーが広めの国道を走っていたときだった。

「うわっ、またいる」

不意に運転手さんが驚いたような声をあげた。

「どうかしたんですか?」

僕は彼が何に驚いたのかわからなかったので尋ねてみた。

「いや、女の人が……」

女の人、それだけでは意味がわからない。

「……白い着物の女の人が手を上げてましたね」

隣の黒川さんが僕達のやりとりに反応して声をあげた。

彼女の言葉を聞いてようやく話がわかった。あいにく僕は確認していなかったが、歩道にタクシーを止めようと手を上げた女の人がいたようだ。

しかし、なぜそれぐらいのことで運転手さんがあんな驚いた声をあげたのかはわからない。

「ああ、お姉さんにも見えたんですか、じゃあ幽霊とかの類じゃないのかな。今日はお客さんが乗っていてくれたおかげで堂々と乗車拒否できてよかったですよ」

「え、幽霊、どういうことですか?」

幽霊という不吉な単語が出てきてますます話がわからなくなる。

「いや、じつはですね、最近時々いるんですよ、白い着物の女の人が」

どうしてそれが幽霊ということになるのだろうと訝しんでいると運転手さんはその幽霊について話し始めた。

…◎… …◎… …◎…


白い着物の女を最初に見たのは二週間ほど前のことだ。

その日、夜中に走っていた際、前方の街灯の下に白い着物の女性が手を上げているのが見えた。

夜中に着物姿とは奇妙だが、結婚式の帰りか水商売の人間かなと考えた。

そのときはたまたま同じ会社のタクシーがすぐ前を走っていた。

そのため、あのお客さんは前の車に取られたなと思った。

運転手さんは前の車が歩道に止まると思い、横を通り抜けようと準備していたのだが、いつまで経っても減速する気配がない。

おかしいなと思って見ていたが、ついには手を上げた女の人を無視するかのようにそのまま通り過ぎてしまった。

減速気味に走っていたためにそこで止まろうと思えば止まれたのだが、長年の経験と勘から嫌な感じを覚えた運転手さんは、前を進む同僚タクシーと同じように着物の女の人を無視して通り過ぎた。

その後、事務所に帰った運転手さんは先ほどの同僚運転手に着物の女性のことを尋ねてみた。

しかし、聞かれた同僚はそんな女の人は見ていないと答えるのだ。

薄気味悪い感じがした。

そして予感通り次の日からタクシーの営業中に夜中たびたび白い着物の女の人が道路脇に立つようになった。

運転手さんは半ば意地になって、その手を上げている着物の女性を乗車拒否し続けているのだ。


……◆……◆……◆……


そこまで聞いて、よくあるタクシーの怪談なのか、単なる偶然なのか僕では判断がつかなかった。

いつもならこのぐらいのタイミングで霊感の強い黒川さんが解説してくれそうだったが、彼女は黙って運転手さんの話を聞いていた。

「いや～、私もね、他の同僚達にこの辺で白い着物の女性の幽霊の噂はないかと聞いたんですけど、そんな話は聞いたことないって言われてね」

「へえ、仲間うちでそんな情報も伝え合うんですか」

「まあ、ここでこんな幽霊が出たっていう情報は結構出回りますね、おかげで県内の心霊スポットにはちょっと詳しいですよ」

「……その情報って、需要あるんですか？」

「ありますよ、この前も県外から来た若い観光客グループからお勧《すす》めの心霊スポットに案内してくれませんかって要望されてね」

ほとんどお勧めのラーメン屋案内してくださいよのノリなので、悪趣味だなあと思っていると、今まで黙っていた黒川さんが口を開いた。

「運転手さん、その観光客に案内した心霊スポットって、もしかしてＮ寺ですか？」

彼女は県内でその手の人にはよく知られている心霊スポットのお寺の名前をあげた。

「えっ、お姉さん、なんで？　その通りだよ」

「あ〜、なるほどね、それでつながったわ」

彼女は一人で納得している。

「どういうことですか？」

「まずね、さっきの着物の女の人はかなりやばめの悪霊ね」

「あっ、やっぱり幽霊なんですか？」

「そうよ」

「道理で僕には見えなかったわけですね」

「それで偶然あそこの道に現れたにしては、この車に念が憑りついてるような感じだったから、なんか運転手さんと因縁があるのかなあとは思ってたんだけど」

タクシーに念が憑りついている、彼女が最初に言った変なのとはこのことだったのか。

「え、お姉さんそういうのに詳しい人なの、なんであの女が私に憑いてるの？」

「たぶん観光客を連れて行ったときにＮ寺から憑いてきてますね」

「なんでN寺ってわかったんですか？」

「いや、さっきの着物の女の人の横をこの車が通り過ぎるときに『N寺まで』って言ってるのが頭に響いてきたから」

その言葉を聞いて僕は、憑いてきた幽霊が再びタクシーでN寺に帰ろうとしているような印象を受けてしまう。

それならば、幽霊と思われる女の人を乗せてお寺に行っていれば、いつの間にか後部座席から姿が消えていた、という定番の怪談のような結果になるのではないかと思えた。

しかし、黒川さんは僕の想像とは全く逆の言葉を発した。

「運転手さん、いい勘してましたね、あの幽霊乗せてたら、連れていかれてましたよ……あの世まで」

「えっ、そっち？」

僕と運転手さん二人ともが思わず同時に声をあげてしまう。

幽霊を連れて行ってあげるのではなく、運転手さんをこの世ならざるところに連れていく気満々だったらしい。

「タクシー運転手、カーブを曲がり切れず崖から転落……なんてことになってたのかしら」

黒川さんは呆気にとられている運転手さんからメモを借りると何かを書き始めた。

そして、黒川さんの家に着いて、降りる際に彼女は運転手さんにメモを渡した。

「ここの神社に行ってこの車ごとお祓いしてもらうといいですよ」

見ると、僕達も先日お世話になった黒川さん馴染みの神社だった。

「それじゃ、これに懲《こ》りて、心霊スポットの案内はやめたほうがいいですよ、今回みたいに変な客を連れていくとそこのやばい悪霊を怒らせちゃうこともありますからね」

そう忠告すると、酔って妙に機嫌のいい感じで彼女は自宅に入っていった。

「いや〜、あのお姉さんカッコいいですねぇ」

運転手さんは少し興奮して僕に話しかけてきた。

「よかったですね、危ないことにならなくて」

「全くですよ、あ、それでですね、さっき紹介された神社なんですけど、仲間うちで日本人形みたいな綺麗な巫女さんがいるって有名なところですよ」

そういえば、その神社の巫女さんは黒川さんの知人で確かに和風の美人さんだった気がするが、参拝客から写真を求められることが多いんですと言っていた覚えがある。

「明日行って良かったら、美人の巫女さんがいる神社として、そういうのに興味があるお客さんに紹介しましょうかね」

この人、全然懲りてないなあと思いながら、今度は悪霊からの障りじゃなくて神罰が下るんじゃないかなと感じてしまった。

エピソード⑨

スピリチュアルゴーストの抱擁

地元での就職一年目の年末に近い頃のことだったと思う。

その日、僕は教育係の黒川さんと創作海鮮料理店で食事をすることになった。

テーブルはすべて個室になっていて居酒屋のように騒がしくないのが特徴だ。

もちろんあまり人に聞かれたくない内緒の話をするのにも好都合だったのだが……。

なぜこんなところにいるのかというと、僕の高校時代の先輩の高遠さんが僕達二人に相談したいことがあるというのでこのお店に招待されていたのだ。

「えっと、フリルアイスとグリーンマリーゴールドのパリパリ海鮮サラダと気まぐれ店長のおまかせ盛り手作り魚肉ソーセージ、それとあんかけ料理選手権があったら優勝が狙えるカニあんかけチャーハンを」

黒川さんが店員にやたら名前の長いメニューを注文していると先輩が制止する。

「今日は俺がおごるから、もっといいもの注文してよ」

先輩の言葉を受けて黒川さんも右手を前に出してストップのポーズをとった。

「いや、別に変な貸し借りは作りたくないし、むしろ娘さんが産まれたことのお祝いを込めて私達がおごってもいいんだけど」

先輩の奥さんの絵梨花さんは先日、無事女の子を出産していたのだ。

「あ、ああ、それはありがたいんだけど、じつは俺この店のお食事券をもらっちゃって、二万円分も。だから遠慮しなくてもいいよ」

そう言って先輩は食事券の入った封筒を見せてくれた。

「黒川さん、カニ好きだって前言ってたじゃない、ここカニ料理もいっぱいあるよ」

カニと促されて、黒川さんはまんざらでもない様子でカニ料理のメニューを見始める。

「ほら、いけすの生きたカニを使ってるみたいだから、しゃぶしゃぶなんかいいんじゃない」

「……確かにしゃぶもいいわねえ」

なんか通っぽい言い回しで略した。

結局、黒川さんは勧められたままにカニしゃぶを注文した。

「それで、黒川さんを大人の女性と見込んで相談がしたい悩み事があるんだけど……」

「大人の女性とか言うな、というか高遠さんと私は同級でしょう」

確かに母校は違ったが、二人の学年は同じだった。

黒川さんは僕とコンビでいても年上に見られることが嫌いのようで、よく取引先の人間にどっちが年上に見えるかと聞くほどだ。

まあ黒川さんのほうが年下と言っても格別違和感があるわけではなかったので、皆安全に彼女のほうが年下に見えるよとおべっかを使っていたが……。

そして、料理が出そろうと、あらためて先輩が悩みを打ち明け始めた。

このとき僕はいわゆる霊感のある黒川さんに相談するのだから、当然心霊がらみのことだと思っていた。

実際、今までも先輩がらみだけに絞《しぼ》っても、かなりの事件に黒川さんは関わってきていた。

「じつは……女性にときめかなくなってさ……」

妙に深刻な表情で意味を測りかねる言葉を吐いた。

「先輩、それってまさか奥さんの絵梨花さんとうまくいってないってことですか?」

「いや、そうじゃないんだ、絵梨花にしか心がたかぶらなくなってしまったんだよ」

「えっと、絵梨花さんが好きになるんだったらいいんじゃないですか、何が問題なんですか?」

「大問題だよ、絵梨花以外の女性にまるで心が反応しなくなったんだよ」

いくら女性遍歴が激しかったとはいえ、結婚してすぐにこの発言は何か頭のねじが一つ飛んでいるとしか思えない。僕との会話ならまだしも、女性の黒川さんを前にして完全にアウトと思えた。

というか、黒川さん全く関係ないんじゃ……。

もうこの人との縁を切ろうかなと思うほど、僕は呆れてしまった。確か黒川さんはこういう類の発言が嫌いだったはずだ。彼女が激怒すればその怒りの矛先が僕に向かうことも十分考えられたのだが、僕だけでなくいつも冷静な黒川さんも呆気に取られているようだった。

「僕達じゃなくてそういうのは病院のカウンセリングとかのほうが専門なんじゃないですか?」

僕はなんとかこの話を穏便に終わらせようと必死だった。

「いや、それがな、ここからが不思議なんだけど、絵梨花にだけは気持ちが反応するんだよ、それも今までより激しく」

先輩の話によると、もともと絵梨花さんとは会社の社長の息子と女性従業員という関係で、高卒で入ってきた彼女をガキっぽい奴ぐらいにしか思っていなかったそうだ。

それが去年の会社の忘年会で酔った絵梨花さんをアパートに送り届けたときに、酔った勢いで男と女の関係となってしまい、それが仇《あだ》で妊娠……。

その後、紆余曲折あり結婚することになったが、いつからか絵梨花さんにしか心と身体が反応しなくなったという。

絵梨花さんとは妊娠している身体のことも考えて、そういうことはしないようにしているらしい。

そのため、普通であれば他の女性には敏感に反応しそうなものだが、全く気持ちが乗らないようになってしまったようなのだ。

「その……絵梨花さんにはときめくんですよね？」

「うむ！」

「それって、単純に先輩が幼ない感じのかわいい女性が好みになったということでは？」

絵梨花さんの顔つきやスタイルは年齢よりも幼く見える。

年齢は確か今二十一歳だったはずだが、その子供っぽい雰囲気も相まって服装と髪型次第では高校生か中学生に間違えてしまいそうなほどだ。

「俺も最初そう思ったんだけど、かわいい系の女性にも全く心がたかぶらなかった」

試したんかいと心の中で突っ込んだ。

幸いにも黒川さんはばかばかしくなったのか、頼んだカニ料理のほうに注意が向けられているようだ。

「うふふ、このとろけそうなカニをしゃぶしゃぶして」

黒川さんが怒らないか心配だったが、どうやらカニしゃぶに夢中のようである。

「それで……あくまで俺の勘なんだけど、なんでこんなことになってしまったのかを黒川さんに聞いたら何かわかるんじゃないかなと……」

先輩が黒川さんに話を向ける。

カニしゃぶを幸せそうに頬張《ほおば》りながらだったが、彼女はようやく口を開いた。

「……うお、気がつかなかった」

黒川さんはあらためて先輩を見て、何かに驚いたように声をあげた。

「ちょっと！　これだけ色々食べてそれはひどくない？」

先輩は黒川さんの驚いたそぶりを、自分の話を何も聞いていなかったと受け取ったようだった。

しかし、彼女はう〜んと考えるようなそぶりを見せる。

「……まあ、こんなおいしいカニ料理をごちそうになってるんだし、心当たりは当たってみようかしら」

どうも黒川さんには先輩の心の異変の原因に心当たりがあるようだった。

「心当たり？」

「……そういうのも視れる知り合いがいるの」

そういうと黒川さんは携帯電話を取り出して、どこかに電話をかけ始めた。

「ああ、真央《まお》姉、ごめんね、こんな時間に」

黒川さんはその真央姉と呼んだ知り合いが電話に出たのを確認すると、先輩のことを説明し始めた。

「でね、今からで申し訳ないんだけど、ちょっと視てあげてほしいのよ、ああ、うん、まあ、それは……」

どうも電話口の真央さんという人は黒川さんの依頼を渋っているようだった。

「この前見つけたおいしいお寿司のお店、今度案内するから……うん、じゃあ写真送るね」

どうやら真央さんは快諾したようだった。

黒川さんは先輩の写真を携帯で撮り、そのままメールで送る。

「いわゆる霊視みたいですけど、携帯の写真でもできるんですか？」

「まあ、真央姉ぐらい視える人だったら、写真でも大丈夫よ。それにこの前祈祷に行ったときのことも覚えてくれてたし」

詳しく聞くと、真央さんとは以前、先輩が呪われた病院の因縁をお祓いしに行った神社の娘さんのようだった。僕の頭の中にもそのとき応対してくれた綺麗な巫女のお姉さんの顔が思い起こされた。

黒川さんの説明によると、真央さんは内々に神社の氏子《うじこ》さんなどの依頼で霊視を行っている、いわゆる視える人のようだった。

そうこうしているうちに真央さんから電話がかかってきた。

電話に出た黒川さんは真央さんの話を先輩に聞かせるために携帯のスピーカーをオンにする。

「高遠さん、でしたでしょうか。相談の件ですが、まず結果から申しますと……」

真央さんが霊視結果を話し始める。

「これほど良い相性のお二人は見たことがありません」

「えっ、どういうことですか?」

先輩が驚いて聞き返した。

「文字通りの意味です、あなたと奥さんはそのまとう気の相性も、心根《こころね》も親和性が非常に強いですね」

「……いや、でも好みという意味では、最初出会ったときは絵梨花に特になんにも感じなかったんですけど」

「男女の関係をもったことがきっかけとなって、お互いの気が深くつながることは往々にしてあることです」

真央さんの説明によると二人の相性は最高で、そのままであっても深い愛情を形成することができるのだが、今はまだ先輩のほうが世間一般の美人などの見方とこれまでの女性遍歴に引きずられているという。

だから、それも先輩が良い相性だとちゃんと受け入れて接すればじきに違和感もなくなってくるそうだ。

「まあ、美人の要素一つ取ったって、時代によってもその常識は変わるんだし、今の自分の感じ方を信じて問題ないってことよ」

黒川さんも納得していた。

「……ただし、これだけ親和性が強い間柄ですので、逆にあなたが別の女性に無理に心を向けるようになると、あなたを包む気が乱れて身体と精神に変調をきたすことになるかもしれません」

要するに浮気をすると、相性が良すぎる分、その力が反転してしまうのだ。

最後まで説明を聞いていた先輩はなんだか複雑な面持ちだ。

おそらく奥さんとの相性が良いという嬉しいことと同時に他の女性との逢瀬《おうせ》はもうできないという認識に対する反射的な落胆と思えた。


食事のあと、僕は黒川さんを自宅まで送っていた。

僕は気になっていたことを聞いてみた。

「あの、黒川さん、さっきの席で先輩を見て何か驚いたときがありましたよね。先輩は黒川さんが話を聞いていなかったと思ったみたいですけど……何か視えたんじゃないですか?」

僕の問いかけに黒川さんはどうしようかなというような表情で少し悩んでいるようだった。

「……他の人に言っちゃだめよ」

いつものように助手席に深くもたれながら彼女は囁いた。

「……高遠さんにえっちゃんの生霊が渦《うず》を巻くように憑りついてた」

「えっ、またですか！」

絵梨花さんには先輩に生霊を飛ばした前科があったが、今回も憑いていたようだった。

「でも、なんであのときまで気がつかなかったんですか？」

以前、絵梨花さんが先輩を殺す勢いの強い生霊を送っていたときには、黒川さんはすぐに気がついていた。

「う〜ん、あれは前と違って全く害悪じゃないからなあ、意識して視ないと認識できないよ」

「どういうことですか？」

「いわゆる悪い気を放つ霊の場合は、こう……なんだかぞわわっとくるいやな感じがするじゃない」

そういえば僕ぐらいのいわゆる霊感のほとんどない人間でも、やばい心霊スポットなどでは良くない悪寒を感じることがあった。

「あれは生霊といっても慈《いつく》しむ気で包まれているわけで、むしろいい影響を及ぼしているはずよ、それが真央姉の言っていた通り、もっと時間が経てばお互いに気が練られていって全く違和感がないくらいに一つになっていくから」

しかし、それだと真央さんの説明と食い違うような気がした。

相性とか親和性とか言っていたような……。

「それにしても私じゃうまくごまかす言葉が浮かばなかったから本職にまかせてみたけど、綺麗に説明したものよね」

「えっ、あの説明嘘なんですか？」

「結果としてそれと同じことになるんだから明確に嘘ということにはならないかしらね」

確かに絵梨花さんの愛情の気に取り込まれて絵梨花さんのことしか考えられなくなるのであれば、結果的に相性は最高といえるような気もするが、少し釈然《しゃくぜん》としない。

「いいじゃない、そう思っていれば本人にとってはそれが真実になるんだから」

それでもなんだかだましているような感覚がある。

そんな僕の様子を見て、黒川さんは再び口を開いた。

「それと……これも言っちゃだめよ」

そう呟いて彼女は続ける。

「えっちゃんから聞いたんだけど、えっちゃんのお父さんは浮気して、女のところに出て行ったらしいんだよね」

そう言われてみれば、絵梨花さんの結婚式では母親しかいなかったことが思い起こされる。

僕はてっきりすでに亡くなっていると思っていたのだが、まさかそんな過去があったとは……。

「出て行ったのは、えっちゃんが高校生のときらしいんだけど、そのせいでえっちゃん本人もえっちゃんのお母さんもつらい思いをしたらしいわ」

確かにそれは本当にショックなことだと思えた。

「……だから、えっちゃんは余計に必死なんだと思うの、自分自身の家族を守ることに」

黒川さんの口調が強くなる。

「そして、その強い想いが生霊となって影響を及ぼす、良いものも……悪いものもね。本当に浮気なんかして気の質が悪いものに反転しちゃったら、たぶん今度こそ呪い殺しちゃうだろうしね」

そこまで言って、黒川さんはこの話は終わり、とばかりに笑顔を浮かべた。

「まあ、結局真実はいつも一つじゃないってことよ」

彼女は僕に向きながら、そんなことを独り言のように呟いた。

どこかの探偵が発するようなセリフだが、そうなのかもしれない。

先輩が絵梨花さんの想いを裏切ったとき、今度こそ本当に呪い殺される。

それだけは変わりようのない事実である、そう思えてならなかった。

エピソード⑩ 母と娘と

就職一年目の年末頃。

その日、僕は取引先の高遠さんの事務所を訪れていた。もちろん教育係の黒川さんと一緒だ。

用件が終わったときは、ちょうどお昼時に差しかかっていた。

いいタイミングでお昼休みに入ることができたと考えていたのだが、打ち合わせ相手の高遠社長から、絵梨花さんが退院して赤ちゃんと戻ってるから会っていってよと誘われたのだ。

絵梨花さんはちょうど先日娘さんを出産したばかりだった。

普段から絵梨花さんとは親交があった僕達は娘さんが生まれたときは病院にも訪れた。

社長に促され、せっかくなので事務所の二階の住居スペースにお邪魔しようと階段を上る。すると、玄関のところで一人の女性と遭遇した。

「それじゃ絵梨花、また来るわね」

黒系統のスーツに身を包んだ、いかにも仕事のできそうな女性だった。

ショートヘアで眼鏡をかけ、端整な顔つきをしたその女性は、年の頃は四十代ぐらいに見えた。

黒川さんがあと二十年したらこんな感じかなあと思いながら眺めていた。

「おっと、失礼」

女性は僕達の横をすり抜けて、一階に降りていく。

新たな訪問者の気配を感じ取ったのか、奥から絵梨花さんが玄関に出てきた。

絵梨花さんはパジャマ姿だ。そのせいというわけではないだろうが、雰囲気がひどく暗い色に沈んでいるように見えた。

「あっ、瑞季さん！　来てくれたんですか、ありがとうございます」

絵梨花さんは黒川さんの姿を確認するや、目の前が一気に明るくなったような表情で勢いよく出迎えてくれた。

「えっちゃん、今の人、誰だっけ？　どっかで見たことがあったような気がするんだけど思い出せなくてね」

黒川さんが不意に問いかけると、明るい表情が嘘のようにうつむき、戸惑ったように目を上げる。

「あの……わたしのお母さんです」

絵梨花さんが教えてくれて思い出す。

確か絵梨花さんの母親の百合子《ゆりこ》さんだ。絵梨花さんの結婚式で見ていたが、そのときは着物姿だったので、スーツのときとは全く雰囲気が違っていたのだ。

「お母さんが来てくれてたんだ。それにしてはなんだか浮かない顔ね」

黒川さんの言う通り、母親が訪ねてきていたというのに、絵梨花さんはどんよりして顔色も悪くなったようにも感じる。

「……前にもちょっと話しましたけど、うちのお父さんが出て行ったとき、お母さんとの関係もまずくなっちゃって」

絵梨花さんの父親が浮気相手のところに出て行ったという話は、黒川さんから先日聞いていた。

「……今日も頑張って色々と話そうとはしたんですけど、お互いになんだかしっくりこなかったんです」

絵梨花さんはなんとか母親との関係を修復したいようだ。

その様子を見て黒川さんは苦笑した。

「大丈夫じゃないかな、母娘なんだし。生まれた赤ちゃんもきっと良いきっかけになってくれるわよ」

僕も黒川さんの言う通りだと思ったが、絵梨花さんの表情は暗いままだった。

「じつは瑞季さんにも言ってなかったんですけど……」

そこまで言って、絵梨花さんの言葉は一瞬止まる。

表情はこれ以上ないほど青ざめ、そして無意識なのか、かすかに震えていた。

「わたし、お母さんとは血がつながっていないんです」

僕は絵梨花さんの言葉の意味するところが一瞬わからなくなった。

「……どういうこと?」

もちろん黒川さんも理解できなかったようで絵梨花さんに聞き返した。

「……わたし、お父さんの浮気相手との間にできた子供なんです」

消え入りそうな声だった。

「えっ、ちょっと待って、えっちゃんが浮気相手との子供? えっちゃんが今二十一歳だから」

「はい、父は浮気相手との間にできた子供を認知して自分のところに引き取ったんです。わたしがそのことを知ったのも父が三年前に浮気相手のところへ出て行ったときでした」

何度も息を継ぎながら、絵梨花さんは絞り出すように声を出しているようだった。

僕がちょっと考えただけでも、それはさすがに母親との関係も気まずいものになると想像できる。

百合子さんは、夫が浮気相手との間につくった子供を育ててきたことになるのだ。

「……わたしも子供ができて、結婚して、そしてわたしの家族を作っていくこと、そうすることでようやくわたしがこの世に生まれてきた意味を見いだせる気がするんです」

今までも雰囲気からおぼろげに感じてはいたが、僕はこのとき、初めて絵梨花さんが抱える心の闇の正体を理解できるような気がした。

生まれてきた意味という危うい言葉を彼女が使ったことに、僕は一抹《いちまつ》の不安を抱くことになった。


絵梨花さんの赤ちゃんを見せてもらったあと、僕達が二階から一階の事務所に降りていくと、先ほどすれ違った百合子さんが待っていた。

降りてきた僕達を見て、彼女は声をかけてきた。

「お話しするのは初めてかしら、あなたが黒川さん？」

「……はい、そうですけど」

何か考えていたのか、黒川さんの返事は一瞬遅れたように感じた。

「高遠社長から色々とうかがっております。うちの絵梨花が何かとお世話になったみたいで、本当にありがとうございます」

百合子さんは、黒川さんに向かって深々と頭を下げた。

「私も頭の中ではわかっているのだけど、絵梨花を前にするとなかなか思ったように話ができなくてね」

百合子さんは僕達から視線をそらして何か考え込むようなそぶりを見せる。

「どうしてもね、絵梨花の顔を見るとあの女のことを思い出してしまうから」

あの女は絵梨花さんの実の母親、つまり浮気相手の女性のことを指しているようだ。

絵梨花さんが成長するにつれて、夫の浮気相手の女性に似てくる、そのことが新しい壁を作っていると言いたいように聞こえた。

「それでも、今日が初めてですよね、出産後に会いに来られるのは。病院へも来られなかったと絵梨花さんから聞いていますが」

黒川さんの言葉に百合子さんはわずかに眉《まゆ》をひそめる。

「言ったでしょう。娘とはね、いまだに少し話しづらいの」

「それなのに今日会いに来られたというのは、何か会いに来なければならない理由があったんじゃないですか？」

かすかに、百合子さんの目が見開いたように見えた。

「……するどいのね」

「勘はいいほうなんです」

百合子さんは息を吐き出して一瞬軽く目を閉じた。まるで自分を落ち着かせるように……。

「あの女なら、絵梨花が一番幸せなときにまた何かするかもしれないと思ったから」

「……あの女……一番幸せなときに？」

「三年前に夫が出て行ったときも絵梨花の就職が決まって、家族で喜んでいたときだったしね。あの女が夫を口説いて、家から出て行かせたせいで私達の仲は壊れてしまった。絵梨花の出生の秘密も私は一生話さないつもりだったのに」

「今回もその女が何かすると？」

胸騒ぎ的なものだろうかと僕は考えてしまうが、百合子さんの見方は違った。

「他人の幸せが私を不幸に追い込む。他人の不幸が私を幸せに導く」

不意に百合子さんは奇妙な言葉を僕達に向かって口にする。

「これがあの女の言っていた言葉、そしてたぶん、その本質を表している」

そこまで話すと百合子さんは面倒な話をしてしまったとばかりに明るく笑いかけた。

「ごめんなさいね、あなたとはこんな話じゃなく色々とお話ししたいこともあるから、また今度一緒に食事でもしましょう」

そう言うと、彼女は黒川さんの腕を軽くたたいて事務所をあとにした。


「あの、黒川さん」

「なに？」

高遠さんの事務所を出てから、僕は運転しながら助手席の黒川さんに話しかけた。

「さっきの百合子さんの話の他人の不幸を喜ぶというのはまあなんとなくわかるんですが、他人の幸せが自分を不幸にするというのはどういうことなんでしょう?」

「ああ、アンタ、わからないの?」

「え、いや、すいません」

「いや、いいのよ、ある意味わからないほうが正常だから」

黒川さんは説明を付け加え始める。

「例えば今回のえっちゃんの場合だと子供が生まれて幸せになったわけだけど……」

「いいことじゃないですか?」

「普通はそうよね。でも、ある人にとっては彼女の幸せな状況が自分の環境を際立たせることになる場合もあるのよ。それにくらべてなんて私は惨《みじ》めな状況なんだろうと。もしくは自分もその高みに上がらなければならないような強迫観念に駆られるとかね」

「う~ん?」

「ある意味、嫉妬《しっと》も呪いにつながる要因だしね」

黒川さんの言った「呪い」というフレーズと、百合子さんの言った「あの女」という言葉が妙に不安を起こさせた。

「あの、ちょっと思ったんですけど、絵梨花さんのお父さんが出て行ったのって、浮気相手の生霊に精神を取り込まれたんじゃ」

先日、絵梨花さん自身が自分の旦那を愛情の念でつくられた生霊で包み込んで夫婦仲を高めていたことがあったばかりだ。それが愛情ではなく、嫉妬などの負の念になれば相手の精神を犯してしまうことも考えられるのではないか。

「……そうかもね」

「じゃあ、絵梨花さんのお父さんを見つけてその生霊を外せば、解決するんじゃないですかね」

「そんなに簡単な話じゃないわよ」

「どうしてですか？」

黒川さんは複雑な表情をする。

「絶対に他には言わないこと」

助手席から窓の景色を見ながら、強い口調で念を押してくる。

「あくまで私の勘だけど、えっちゃんのお父さん、もう死んでるんじゃないかな」

「えっ？」

「たぶん百合子さんとえっちゃんも薄々そう感じていると思うんだけど」

「……すいません、どういうことですか？」

「あまりにも父親の影が薄いのよね。普通、娘が結婚したり、子供が生まれたりするときはいくら浮気で出て行ったといっても、もっと存在が表に出てくるものよ。けど、私でさえ、あまりに話題に出てこないから、えっちゃんから話を聞くまでは亡くなっていると思ってたもの」

「でも、それって浮気相手の女が殺したってことですか？」

本当に危険な匂いがその女の話から漂ってくる。

「……正直言って、こういう頭がおかしい人間とは絶対に関わりたくはないのよね」

相変わらず彼女は視線をこちらに向けないまま淡々と話している。

「自分が死ぬまで相手に呪いの念を送り続けて……いや、死んでもなお、か。そして、健気《けなげ》な思いで立ち上がろうとする相手をどん底に突き落とすことに至高の喜びを感じる、そんな腐った人間も世の中にはいるのよ」

「でも、そんな女に絵梨花さんは狙われるかもしれないんですよね、黒川さんはどうするんですか?」

あとで思えば、なんて答えづらい問いかけをしたと感じる、しかし……。

「助けるわよ、えっちゃんは、決まってるでしょ!」

黒川さんは僕のほうを向いて即答した。

その姿を見て少し驚いた。今までの話の流れなら触らぬ神に祟《たた》りなしとでもいうように、これほど危険な人物と関わることには躊躇すると思ったからだ。

しかし彼女は少しも逡巡《しゅんじゅん》することなく助けると言い放った。

僕は絵梨花さんのことが少し羨ましくなった。

なるほど、他人の幸福が自分の不幸になる……か。不本意ながら僕も、絵梨花さんへのわずかながらの嫉妬という形で「あの女」の気持ちを感じてしまう。

意識したわけではないが、鈍い痛みが心の奥から響くような感覚に身体が震えるのを感じた。

絵梨花の記憶

海の底で待っている

始まりはわたしが高校三年のとき、今の会社への就職が決まった頃だったと思う。

その日の夕方、わたしが高校から帰ると、仕事を終えて先に帰っていた父親が洗面所で吐いていた。

「パパ、具合悪いの?」

わたしが尋ねると、父はよくわからないと答え、調子が悪いので夕食は食べずに先に寝ると言った。

わたしは心配して二階の寝室へと向かう父を見つめていたが、不意に奥の階段に視線を移すと、中ほどに誰かが立っているのが見える。

廊下の天井に隠れて足しか見えなかったが、女性の足だ。最初母かと思ったが、帰宅したときに玄関横のリビングで母が夕食を作っているのを見かけていた。

しかし、問題はそんなことではない。その足は普通の人間の足とは違い、青黒い色をしていたのだ。

驚いて目を凝らして見ようとしたところに父の後ろ姿が重なり、その足は見えなくなった。

慌てて駆け寄って見上げてみたが、階段には父以外に誰もいない。

「パパ、そこに今誰かいなかった?」

「……誰もいないぞ、なに言ってるんだ、絵梨花?」

「え、あれえ、気のせいかなあ」

そのときはおかしいとは思いながらも、見間違いと結論付けることにして、父のいた洗面所に戻った。

「もうパパ、ちゃんと流さないと匂いが残るじゃない」

父は吐いているのにほとんど水を流している様子がなかったので、わたしは水を流そうとした。

しかし、洗面台からは吐いたとき特有の匂いがしない。

代わりに海に行ったときのような潮の香りがした。


次の日曜日の朝、起きて一階に降りると、また父が洗面所で吐いている。

「パパ、まだ具合悪いの? 病院に行ったほうがいいんじゃないの?」

不安になったわたしは父に確認した。

しかし、吐き終わった父は呆然とした表情でわたしを見つめ、

「ああ、でも今日はこれからお前のお母さんに会いにセイショウへ行かないといけないんだ」

そう言うと、わたしの横を通り抜けて、玄関から出て行こうとする。

「えっ、ママ台所にいるんじゃないの?」

わたしの言葉にも反応する様子はなく、父は車でどこかに行ってしまった。

台所に行くと、母が朝食の準備をしている。

わたしは父の言動の意味がわからず、思わず立ち尽くしていたが、あることに気がつき我に返った。

父が横を通るとき、父の腕がわずかにわたしの身体に触れていたのだが、その部分がじっとりと濡れているのだ。

「ええっ、ちょっとなにこれ?」

匂いを嗅いでみると、汗のような感じもしたが、やはり昨日洗面所で感じた海の潮のような匂いがする。

動揺しながらも廊下に戻ってみると、父が歩いたと思われるところがしっとりと濡れていた。

そこからもかすかに同じ匂い。朝会ったときはそこまで注意深く見ていなかったが、服や廊下が濡れるくらいに、父は出て行くときに甚《はなは》だしく身体や衣服が濡れていたということだ。

しかもよく見ると廊下にできた湿った足跡は、父のものだけではなくもう一人分、合わせて二人分あるように見えた。

それも足の大きさから見て、もう一人の足跡は女性のものに思えた。

嫌な予感がしたわたしは台所の母に父のことを話したものの、母もわけがわからないようだった。

そして、その日から父が車ごと失踪した。

わたしはすぐに母を問い詰めた。

特にあのとき、父が最後に言った「お前のお母さん」と「セイショウ」という言葉について、母は何か知っていると思ったのだ。

すると母は知っても何も得することはないと前置きしたうえで、渋々次のようなことを話してくれた。

まず、わたしが自分の本当の娘ではなく、父親の不倫相手の子供であること。

それだけでも衝撃的過ぎる事実だったが、そんなものはまだほんの入り口でしかなかった。

その不倫相手の女性、つまり本当の母親は、わたしを生んだあと、父の認知を得てそのまま育てていたらしい。

しかし、別の男性と結婚することになり、その男性が別の男との娘は要らないと言ったようで、わたしを父に引き取らせようと激しい衝突になり、結局その影響で彼女と相手方の婚約は破談となった。

その結果、もともと執着心の強い人だったらしいのだが、彼女は父のことを相当恨んでいたようだった。

さすがに婚約の破談には、父も責任を感じていたらしい。

なにせ、自分も不倫の果てにわたしを生ませているのである。

また彼女の執拗《しつよう》な憎しみの矛先が娘に向かうことも恐れ、いったん赤ん坊だったわたしを預かり、今後の対応を何度も彼女と話し合ったそうだ。

しかし、あるとき彼女は失踪した。

そして、父に失踪前に出したと思われる一通の手紙が届いた。

そこにはたった一文だけ「青床で待っています」と書かれていた。

父は「あおどこ」と読んだようだが、どこかの地名か、いずれにしても意味のわからない手紙だった。

失踪の責任を問われて、父は彼女の親族から相当責められたそうだが、最後はわたしを引き取って、慰謝料の支払いとその後一切の縁を切ることで話がついたそうだ。

そこまでの話と今回の父の失踪前の出来事を総合すると、父は「青床」、つまり「セイショウ」と読む場所にいる、わたしの本当の母に会いに行ったのかもしれない。

一連の出来事から、その青床という言葉は海の底を指すのではないか。

そうなると、わたしの本当の母は父を恨みながら、海の中に身を投じ、父もそれを追ったということだろうか。

いや、彼女に連れて行かれたというほうがこの状況には合っているかもしれない。

一応警察にこのことを話してみたが、あまりに漠然《ばくぜん》とした話で当然まともに取り合ってはもらえなかった。

父の失踪から三年後、わたしは会社の先輩と結婚し、その後すぐに娘が生まれた。

そして、昨日。

わたしの周りで奇妙なことが起こり始める。

最初は夫と食事中。テーブルの下に落としたものを、夫が拾おうとして屈んだときだった。

夫が慌ててテーブルの下から立ち上がり、わたしの後ろに青黒い女の足が見えたと叫ぶのだ。

わたしは急に気持ちが悪くなり洗面所で吐いた。

胃液の味はせず、塩水の味だった。

すぐに失踪した両親のことが思い出された。

怖くなったわたしは心配する夫に、両親の失踪のことを話した。

夫は明日にでも近くの神社に行ってお祓いをしようと提案してくれた。


しかし、その夜、さらに奇妙なことが起きた。

わたしはベッドから起きあがり、家を出ていこうとしたというのだ。

「……青床にいるパパとママに会いに行かないと」

そう虚《うつ》ろに呟いていたそうだ。

両親の失踪のことを聞いていた夫が、必死でわたしを止めたらしい。

夫に頬《ほお》を張られたとき、わたしは我に返った。

なぜ本当の母が今になってわたしを連れて行こうとしているのか、真実はわからない。

しかし、わたしも人の親になってぼんやりと感じたのだが、本当の母は未来永劫続く呪いを残したのではないだろうか。

つまり、海の底に引きずり込むのは次の世代が十分に育ってからということになる。

父のときは、娘のわたしが就職したとき。わたしの場合は結婚して娘が生まれたとき……。

そうなると夫の場合は娘が十分大きくなったとき、そして娘のときは結婚して次の子供が生まれたときとなるのか。

母は永久にわたし達を呪い続けるために、その場所を選んだのだろうか。

誰にも邪魔されない、暗い海の底を……。

エピソード⑪

青床の呪い

それは、僕が就職してもうすぐ初めての年末を迎える頃に起こった事件だった。

その日、教育係の黒川さんと出張に出ていた帰りだったが、彼女の携帯に絵梨花さんからの着信があった。行きと帰りの交代で今は黒川さんが運転していたので、僕が代わりに電話に出てみると、絵梨花さんではなく、旦那の高遠先輩のほうがかなり慌てた調子で、絵梨花さんの様子がおかしいことを伝えてきた。

先輩はすぐに黒川さんと話したいと言ったので、携帯電話をスピーカー設定にして一緒に聞くことにした。

「黒川さん、青床って名前の場所聞いたことないか？」

「何？　セイショウ？」

黒川さんはその質問の意味がわからないようだった。

「えっと、あおにゆか、という漢字をあてて、音読みでセイショウと読むみたいなんだけど……」

「場所の名前？　う～ん聞いたことないわね」

「たぶん、心霊スポットの地名だと思うんだよ……」

心霊スポットと聞いて、黒川さんは当惑したような表情を浮かべるが、それでもしばらく考えたあと、彼女は答えた。

「ごめんやっぱりわかんないわ、どうしてそんなこと聞くの?」

「絵梨花がその青床にいる死んだ母親に呪われているみたいなんだ」

いよいよ話がきな臭くなってきたので、僕は先輩に落ち着いて説明してくれるようにお願いすると、そこで電話が絵梨花さんに代わり、彼女と彼女の本当の母親のことについて話し始めた。

僕達は車をコンビニの駐車場に停めて、絵梨花さんの話を聞いた。

そして、話が終わるとあらためて明日にもいつもお世話になっている神社にお祓いに行こうとしていることを告げられた。

事態は急を要する気がしたので、黒川さんはすぐに家に行こうかと尋ねるが、絵梨花さんは謝りながらはぐらかしたりするばかりで話が進まなくなってしまった。

黒川さんもまだ事態の詳細が把握《はあく》できていないようで、とりあえず彼女は仕事の帰りに青床について心当たりを調べてみると言い、高遠先輩には今の絵梨花さんの写真を一枚送ってほしいと伝えて、通話を終えた。

黒川さんはほどなく先輩から送られてきた絵梨花さんの画像を確認した。

「……確かに霊が憑りついているうえに、呪いがかけられてる。霊障が現れたのは最近にしても、こんなおぞましい呪いにかかってたなんて……」

「黒川さんでも気がつかなかったんですか?」

「強い呪いだからって、わかりやすいわけではないの。通常の呪いや悪霊の障りを激しい波とすると、これはまるで海の底のようにただ無為に静粛《せいしゅく》としている」

黒川さんはいら立った表情で吐き捨てるとどこかへ電話をかけ始めた。

どうやら絵梨花さんが行こうとしている神社の関係者のようだった。

話し終えると、メールを送る操作をして、またどこかに電話をかける。

地域安全対策という単語が出てきたので、どうもどこかの役所のようだ。しばらく電話で話したあと、彼女は急いで車を発進させた。絵梨花さんのところに行くのかと思ったが、逆方向だ。

「ちょっと付き合ってね、今から心霊スポットを管理してる役所に行くから」

行政が管理する心霊スポット——住民の安全のため、あえて行政が管理を担当している廃病院と関わったことがあったが、それと同じ類のものと思われた。

黒川さんは行政管理心霊スポットの情報から「青床」のことを調べるようだ。僕はもちろんすぐに頷《うなず》いた。


役所を出て先輩の家に着いた頃には、すでに夜の十時を過ぎていた。状況はさらに悪化し、絵梨花さんの身体から塩水が染み出して、じっとりと濡れる段階に来ていた。

意識はすでに朦朧《もうろう》としているようだった。

少しの間、絵梨花さんの容体を見ていたが、このままでは埒《らち》があかない。

僕達は黒川さんの車で神社に向かうことにした。

呪いに狙われることを恐れて、絵梨花さんの生まれたばかりの娘さんも連れていく。

助手席に座っていた僕は、黒川さんに「青床」についてあらためて聞いてみた。先ほど向かった行政庁舎では資料室への入室は許可されなかったので、僕はずっとロビーで待っていたのだ。

「担当者がもう帰ってたけど、無理言って戻ってきてもらった甲斐があったわよ」

彼女は前を向いたまま話を続ける。

「資料の中から青床港《せいしょうこう》という符丁の行政管理心霊スポットの情報を出してくれたわ。もとは自殺か心中かで何台もの車が沈んでいる港だったみたいなんだけど、釣り人やカップルの乗った車が黒い影に取り囲まれて海に引きずり込まれそうになったという事件が相次いだらしいの。だから今は工場群のある港なのに夜は封鎖されているはずよ」

「それって、絵梨花さんの件もそうですけど、沈んだ車を警察が引き上げることで解決するんじゃないですか?」

「そんなに簡単じゃないのよ、うかつに手を出すと霊障の危険にさらされることになるし……」

確かに引き上げの業者や警察関係者に被害が出る恐れは十分に考えられる。

「車を引き上げるにしたって、よっぽど事件性と身元が確定していないと引き上げ予算すら降りないし、動くに動けないところもあるのよ」

不条理とも思えたが、日本中の港にどれだけの車が沈んでいるかと考えると、いちいち対処すると莫大な費用がかかってしまうという一面もあるのだろう。

「けど、そういう状況を見るとえっちゃんのお母さんはよっぽど呪いに精通していたのか、それとも呪いのプロが関わっていたのかと感じるわね」

「どういうことですか?」

「まず青床港のことをどこで知ったのかも気になるし……。それにこちらからはほぼ手が出せないのに、呪う側からは心霊スポットの引きずり込む力を呪いに上乗せすることができるわ」

以前の病院の事件もそうだったが、基本的に行政管理心霊スポットの情報は外部に漏れないように保守されているはずなのだ。

また、忌《い》み地の障りをよく理解したうえで、自分の復讐《ふくしゅう》に利用する手法も、一般人には考えも及ばないことに思われた。

「そう考えると、ちょっと素人っぽくないやり口よ」

そうこうするうちに車は神社に続く山道に入った。

本来は神社から少し下ったところに駐車できる広場があるのだが、黒川さんは境内《けいだい》に上る石段の手前まで強引に車を進めて止まった。

高遠先輩が娘さんを抱き、僕と黒川さんが絵梨花さんを両脇から支えて車を降りた。

腕を密着させると、絵梨花さんの身体から染み出る塩水を服が吸って肌にまとわりつく。

山の中腹にある神社への石段を登ろうとするが、冬の北風が吹いて体温が著しく奪われた。

夜中だったので、周りを見渡しても黒い森が見えるだけで、他の参拝客などの気配は全くない。

絵梨花さんを支えながら慎重に登り始めたが、僕はすぐに立ち止まった。

僕達の後ろから、湿った足音が付いてくるように聞こえたのだ。

すぐに横の黒川さんを見る。彼女は僕の言いたいことは当然わかったようだった。

「もちろん、憑いてきてるわよ、そして当然とんでもないレベルの悪霊よ」

彼女は軽く吐き捨てる。

その言葉を受けて、僕はゆっくりと後ろを振り返った。


くしゃくしゃの笑顔だった。

灯りはほとんどなかったのに、妙にはっきりと見える。娘の絵梨花さんとよく似た顔のつくりをした女性だったが、何がそんなにうれしいのだろうと思うほど気味の悪い笑顔だ。

また、こちらははっきりとは認識できないが、女性の後ろに何十人もの影が重なり広がっているように見えた。

その光景は、まるで石段の下に夜の海が波打ち、その中に女性が立っているようだった。

「黒川さん、僕にも見えます、それも大勢……」

「全く、大人数で押し寄せてきちゃって」

「それになぜか気持ち悪いほど嬉しそうで」

「そりゃ、震えるほど楽しいでしょう、このときのために沈んでいたんだから。ゲームでプレイヤーがライフ無限の状態で敵をいたぶっているような気分でしょうよ」

しかし、彼女は後ろについてくるだけで僕達に直接何か危害を加えようとはしてこなかった。

「……襲ってきませんね」

「あくまで呪いの標的はえっちゃんだけ、でもあるでしょうけど、余裕で遊ばれているのかもね」

「こちらは神社に入ろうとしているのに余裕ですか？」

「向こうからすれば時間は無限にあるわけだしね」

その言葉はここでのお祓いがうまくいかなければ、絵梨花さんは間違いなく呪い殺されるという意味に聞こえてしまった。

やがて、僕達はもうすぐ石段を登り切るところまで来た。

そのとき、石段両側の森の木々が、風もないのに細かく震えだした。

まるで神社を囲む森全体が唸っているようだ。

「……やっぱりだめか」

黒川さんは静かに言葉を発した。

「な、何が起こってるんですか?」

「ここの神様から私達が神域《しんいき》に入らないように強く警告されているわ」

神様からの警告――全く穏やかではない事態だった。

「ど、どうして、僕達が?」

「どうしてもなにも、これだけの禍々《まがまが》しいものを持ち込むことは許さないということよ」

「そ、それじゃあ、絵梨花さんをお祓いすることができないじゃないですか、もうすぐそこなんですから強引に入ることはできないんですか?」

「そんなことしたら先に私達のほうに神の障りが降りかかるわね」

神の障り――それは僕自身の浅い霊経験で考えても、どれほど危険か容易にわかるものだった。

絶望感で動けないでいると、僕達の願いを断ち切るかのように、神社の境内から見えない圧力がさらに体中にかかり始める。もう前に進むことさえできない。

「……瑞季さん、もう、わたしを放してください」

不意に絵梨花さんから言葉が漏れる。

「……このままだと瑞季さん達まで巻き込まれてしまいます」

絵梨花さんは自分のせいで周りにまで致命的な危害が及ぶのを恐れているようだった。

「娘と旦那をよろしくお願いしま……むぐっ」

言いかけていた言葉を黒川さんが強引に口をふさいで止めてしまう。

「ふうぅ、アンタ前からちょっと気になってたんだけど……」

呆れたように黒川さんは絵梨花さんの顔を覗き込む。

「まさか、不倫の末に生まれた子供だからって、自分が生まれてはいけなかったとか考えたりしてないでしょうね」

その問いかけに絵梨花さんは、はっと顔を上げて見つめ返す。

「あの女の世界はもう時間の止まった死者の世界よ、えっちゃんの世界は生きている人間の世界でしょう」

壊れた人形のように石段にひざまずいた絵梨花さんに黒川さんが覆うように身体を重ねる。

「私が解放してあげる、あの女の呪縛から。だから生きるの、ここで死んだらなんのために生まれてきたかわからないじゃない」

黒川さんがこんな心配そうな顔をするのを僕は初めて見た。

うつむいて彼女の言葉を聞いていた絵梨花さんの目から涙が零れ落ちる。そして何かを決意したように目を開くと、黒川さんの手をそっと掴んだ。

「瑞季さん、わたし……うっ！」

絵梨花さんが言葉を絞り出そうとしたとき、後ろを漂っていた重い空気が震え始める。そして今までは手だししてこなかった影が突如として迫り、絵梨花さんの肩の高さあたりまでまとわりついてきたのだ。

気がついたときには、絵梨花さんを支えていた僕の腕もその影に飲み込まれていた。

まるでムカデなどの毒虫が腕に噛み付いているような、痺《しび》れる激痛に襲われ、僕は弱々しい悲鳴をあげてしまった。


「モウスグヒトツニナル」


絵梨花さんの右肩から、あの女の青黒い頭が浮かび上がってきてにんまり笑った。

今までの危機とは比べ物にならない唐突な死のイメージ、それは冷酷で苛烈《かれつ》な恐怖だった。

ゆっくりと侵食してくる黒い影を見つめながら、このままでは殺されてしまうというような、ごまかしようのない実感だけが沸き起こる。

もう駄目だと思ったそのとき、僕達の前に新たな人影が現れた。

「全く……こんな夜中にひどい迷惑ですよ」

そこに立っていたのは白い着物をまとった女性だった。

「真央姉、遅いよ！」

その姿を確認した黒川さんは待ちわびたような歓喜の声をあげていた。

巫女装束ではない着物だったのですぐにはわからなかったが、この神社の巫女で今までの心霊事件でのお祓いをしてくれていた真央さんだった。黒川さんが事前に連絡していたからか、こんな夜中にもかかわらず神社の外に出てきてくれたのだ。

「本当に、大きな貸しですよね」

凄《すさ》まじい悪霊に対峙した緊張感からか、硬い表情で真央さんは、右手を絵梨花さんの胸に置いた。

「……清浄なる力よ、極めて穢《けが》れしものを……断ち切る光となれ」

彼女の言葉に応えるように、手のひらから淡い輝きが広がっていく。

光は絵梨花さんにまとわりつく影を包み込むと、肩から出ていた悪霊の頭ごと引きはがすように後方に吹き飛ばした。

その動きにすかさず反応して、黒川さんは離れた悪霊の顔に手をかざした。

「穢れしこの世ならざる悪霊よ、我が力に依りて在るべき死の世界へ！」

彼女の言葉が紡《つむ》がれると、女はすさまじい暴れ方で吠えだした。

目は見開き、黒い体液のようなものが顔中から流れ落ちる。

暴れながらも絵梨花さんを向いて、必死に何かに抵抗しているようだった。

しかし、女の体は砕けながら夜の闇に少しずつ溶けていく。

やがて女の姿が完全に消滅すると、僕達がいる石段の上に夜の静寂が戻ってきた。

あれほどひしめいていた海の亡者達の影もどこにもない。

「な、なにをしたんですか？」

「えっちゃんと母親の親子の縁を切った」

「え、縁？　どういうことですか？」

「もともとあの女は青床港に縛られている地縛霊なの。それなのに、えっちゃんの前に現れていたのは親子の血の縁につけこんでいたのよ」

確かに呪いの力によって一族に災禍《さいか》が及ぶという話や、悪縁を断ち切る縁切りの神社の話は少し聞いたことがある。親族の間に血縁の影響を利用して呪いを広げる……普段ほとんど意識していない血縁というものを意識させられた。

「だから、逆にその悪縁を切らないと呪いを撥《は》ね退《の》けることはできないと思ったのよ」

「それでこの神社に来たんですか？」

「真央姉にここに来る前に準備してもらうよう電話でお願いしたの、間に合うかどうかは賭けだったけど」

詳しく聞くと、一口に悪縁を切ると言ってもその個人ごとに全く術法が違うらしく、黒川さんはまず絵梨花さんの画像を真央さんに送り、縁切りのための霊視をしてもらっていたらしい。

真央さんとは、先日神社に訪れたときも会っていたが、黒川さんの口ぶりからただの馴染みの神社の娘さんという関係以上のものが感じられる。

「あの人はこの神社の巫女さんですよね、どういう関係なんですか？」

「う～ん、一応師匠かな？」

師匠ならば黒川さんにいわゆる霊感的なものに対する教えを施《ほどこ》した人物ということだろうか。なんで疑問形なのだろうとは思ったが、黒川さんは説明より先に絵梨花さんを神社の中に入れるよう促したので、僕はそれに従った。


絵梨花さんは身体を洗い、着替えを貸してもらった。そして改めて神社の中の応接スペースに全員が集まった。

「最初に申し上げますが、一応縁切りは成功しましたが、根本的な解決にはなっていません」

真央さんはいきなり強い口調で話を始める。

説明によると、今回は呪いが影響する親子の縁を切って、もとの青床港に地縛霊となっている母親の霊を戻しただけで、何かの拍子でまた呪いの影響がつながる可能性もあるらしい。

「じゃあ、どうすれば」

「少しずつでも供養《くよう》していくしかありません、手法はお教えしますので」

供養――その言葉を聞いて絵梨花さんが口を開いた。

「でも、供養できるんでしょうか、あれだけの怨念を持つ私の母を……」

「当然、簡単にはいきません。もしかすると鎮魂《ちんこん》はあなたの娘の代まで続くかもしれませんが、先祖からの因縁というものはいつか子孫に回ってくる、あれはそういう類のものです」

一連の話を聞いて、眠っている娘さんを抱いていた高遠先輩も覚悟しているようだった。

「大丈夫だよ、絵梨花、こうなってしまったことはもう変えられないじゃないか。俺もしっかりお前を助けていくから」

先輩の言葉を聞いた真央さんは少し微笑んで話を続ける。

「縁というものは親子などの血縁だけでなく、新しくできた家族や親友の縁というものもあります。あなたはいい縁に恵まれましたね」

「……はい」

先輩と真央さんの言葉を聞いて、絵梨花さんは感情がこらえきれなくなっているようだった。

「あの、失礼かもしれないんですが……」

僕はどうしても確認しておきたいことがあって、場の雰囲気を壊してしまう懸念《けねん》もあったが、口を挟んだ。

「なんでしょう？」

「黒川さんの師匠であるあなたの力だったら、あの悪霊をもっとどうにかできないんですか？」

やはりかなり空気を読まない質問だったようで、黒川さんは露骨に不快な表情をする。

「師匠……ですか」

しかし、真央さんは軽く笑みを浮かべて僕の質問に返答した。

「単純な、いわゆる霊力というもので考えるなら、私より瑞季のほうが強いんですよ」

「えっ、そうなんですか?」

「もちろん知識や先ほどの縁切りのような複雑な術は私のほうが長けていますが、おそらく私が縁を切って引きはがしたあとのあの悪霊は、私の力ではもとの場所に戻せなかったでしょう」

真剣な顔で説明すると、少し微笑んで真央さんは黒川さんを向いた。

「いい機会だからちゃんと修行する、瑞季?」

真央さんは黒川さんに問いかける。

「私は今の生活と仕事を続けたいから遠慮しておくわ、この世界は良いほうにも悪いほうにも先に終わりがないから……」

向けられた誘いを黒川さんは軽くはぐらかした。

僕自身も縁を持ち始めているこの世界で進んだ先に何があるのか。

おそらく呪いの世界に耽溺《たんでき》したであろう絵梨花さんの母親は凄惨《せいさん》な悪霊に成り果て、その生涯を終わらせたのだ。

今の生活と仕事を続けたい、僕はまだ黒川さんの言葉に込められた意味を本当に理解してはいなかった、このときはまだ……。

エピソード⑫

巫女殺しと神の障り

地元で就職してから初めてのお正月を過ごしていた。

その日は一月四日で、平日であれば出勤日なのだが、日曜日だったため休みが一日延びていた。

夕方ごろ車で本屋に行ったあとの自宅への帰り道、正面の山の中腹に神社の明かりが見えた。

最近何度か呪いに関わる事件で訪れた神社だ。

今年はまだ初詣に行っていないことを思い出し、折角なので神社に参拝して帰ることにした。

下の広場に車を停めて石段を登っていくと、遅い時間だからか神社にはほとんど参拝客はいない。

拝殿でお賽銭を入れて、お願い事をしていると後ろから声をかけられた。

振り向くと面識のある巫女のお姉さんが立っている。

「あ、真央さん、こんばんは、先日はありがとうございました」

以前の心霊事件でもうちの職場の黒川さんが真央姉と呼んでいたので、少なくとも彼女よりは年上と思われたが、その曇りのないどこか浮世離れした佇《たたず》まいのせいかとても若々しい感じがした。

「今日は初詣ですか？」

落ち着いた雰囲気でにっこり微笑んでくれる。

「はい、少し遅めの初詣ですけど」

「ちょうど今お店を閉めて中に戻ろうとしたところですよ」

「あ、そうですか、おみくじは引こうかと思っていたんですけど、ちょっとのんびりしすぎましたね」

僕も彼女の笑顔に惹《ひ》かれて照れ笑いしながら答えた。続けて真央さんは少し考えたあとに言った。

「これも何かの御縁だと思いますから、ちょっと寄っていかれますか？」

突然の予期せぬお誘いに僕は少々戸惑った。

「おみくじ代わりと言ってはなんですけど、私が視てみましょうか」

真央さんがいわゆる霊視ができる人であることは前回ここを訪れたときに聞いていた。なんでも、プロの霊能者として広く一般の案件を扱っているわけではなく、黒川さんと同じく神社の氏子さんなど身内の相談事を扱っているそうだ。

「どうぞ一緒に付いてきてください。みかんとお茶菓子ぐらいはご馳走しますよ」

そう言うと、社務所に進んでいく。こんな時間にこんな綺麗なお姉さんと二人っきりなんていいんだろうかと思いながらあとについていった。

建物の中に入り、巫女さん達の休憩部屋と思われるところに通される。

休憩部屋には真ん中にこたつが置かれ、すでに他の巫女さんが二人入っている。

それを見て、当然二人っきりなんてことはないよねと逆に安心した。

「真央姉おつかれ〜」

こたつに入っていた巫女さんの一人がねぎらいの言葉をかけながら僕達の姿を確認すると、驚きの表情に変わる。

「ええっ、なんでアンタがいるのよ」

「あれえ、こんばんは」

もう一人からもびっくりしたような挨拶、どちらも聞き覚えのある声。こたつに入っている巫女さん達を見ると、いつもと髪型と服装が違うのですぐにはわからなかったが、黒川さんと絵梨花さんだった。

なぜこの二人が、と思っていると真央さんが説明してくれた。

「ああ、この二人にはこの前の貸しということで年末年始の神社を手伝ってもらっているんです」

真央さんのいうこの前の貸しとは呪いをかけられた絵梨花さんを視てあげたことだと思われた。

それにしてもあの黒川さんが巫女さんとはある意味似合っているような……。

「言っとくけど副業じゃないわよ、知り合いのお手伝いだからね」

「いや、別に会社の人に言ったりしませんよ、それにしても黒川さんが巫女さんのバイトなんてびっくりしました」

「そんなことありませんよ、瑞季は昔ここに住み込みで働いていたこともありますし」

真央さんが答える。

「えっ、そうなんですか？」

「……高校時代にここでお世話になったことがあってね」

深刻な顔をして当時を思い出している様子の黒川さんの表情を見て、僕はそのときに彼女が心霊関係の師匠と呼んでいる真央さんと縁ができたのかなと思った。

「それでなんでここにいるんですか?」

横の絵梨花さんが笑いながら尋ねてくる。

「いや、僕は初詣に。絵梨花さんも巫女さんのお手伝いですか?」

「そうですよ、私もこの前のお礼に」

絵梨花さんは髪を両側でまとめた、いわゆるツインテールという可愛らしい髪型にしている。

その髪型のせいか、女子高生のバイト巫女さんと思えるぐらいさわやかな感じがする。

とはいえ既婚で子持ちだが。

「絵梨花さんは事務を手伝ってくれたらと思っていたんですが、どうしても巫女服が着たいと言うので……」

「うふふ、巫女体験ができただけでなく、仕事が終わったあとは一緒にお風呂も入ったりして、ここは私にとって幻想郷ですよ」

道理でなんかテンションが高いと思った。

「あら、みかんが……」

真央さんがふと気づいた通り、こたつの上のみかんがすべて皮だけになっている。

「瑞季、ちょっと裏からみかんを取ってきてくれる?」

「……寒いのになんで私が?」

「絵梨花さんはみかんのある場所を知らないでしょ」

黒川さんはそれ以上、口答えすることなく、渋々立ち上がってみかんを取りに出て行った。

「それじゃあ視てみましょうか、何か心配事などはありますか？」

そう言いながら真央さんは僕の霊視を始めようとこたつに入った。

とてもゆったりとした雰囲気で、よくテレビで見る霊能者のような厳《おごそ》かさは感じられない。

「えっ、真央さん霊視するんですか、それなら瑞季さんとの相性占いですよ」

唐突に絵梨花さんがとんでもないことを言い出した。

「ちょ、ちょっと絵梨花さん、何言い出すんですか」

「え〜、好きなんでしょ、瑞季さんのこと？」

絵梨花さんがにやにやしながら問いただしてくる。

「へぇ〜、そうなんですか、あの瑞季をねぇ」

真央さんまで絵梨花さんと同じような笑みを見せた。

「いや別に黒川さんは良い先輩で、そりゃ彼女と一緒に仕事ができて日々の生活に彩《いろど》りができたのも確かですが」

「それじゃあ、瑞季との相性を視てみましょうね」

僕の話は無視して決められた。

真央さんはじっと僕のことを見つめ、自分の霊視について説明を始める。

「断っておきますが、私の霊視はその人を囲んでいる独特の性質や関係している因縁などを視て取って私の主観的な見解をお話しするものです。ですから、未来の予知とか予言のようなものとは違って、現状確認のようなものですから楽にして聞いてください」

そして視線を僕から動かさないままぽつぽつと語り始めた。

「あなたはとても優しくて、素直な方ですね」

優しい――その言葉は黒川さんからも聞いたことがあった。

「しかしその分、相手のことを考えすぎて強く出れないことも多いでしょうか」

当たっていると思う。

「それでも、その性格からあなたのことを気に入っている人が周りにたくさんいるように感じられます」

周りから好かれているかどうかは、自分ではなかなか客観的に判断できないことだ。

「そして、本題のあなたと瑞季の相性は……これ以上はないぐらいの相性ですね」

なんだか絶賛されたように聞こえる。

「え〜、それって最高に相性がいいってことですか?」

僕ではなく横の絵梨花さんのほうが歓喜の声をあげる。

しかし、絵梨花さんの問いかけに真央さんが困った表情を浮かべた。

「えー、最高というか、これ以上はないという感じでしょうか」

「それって最高に良いということではないんですか?」

「まあ、あの強気な性格の瑞季ですから、そもそもそんなに相性が良い男の人のタイプも少ないんですよね」

真央さんは笑顔を取り繕《つくろ》いながら身も蓋《ふた》もない厳しい指摘を口にする。

わかる気はするが……。

「だからまあ最高に良いというわけではなく、色々探しても強気の彼女をあなたが受け入れるぐらいの感じで、これ以上の相性はあまり考えられないという意味です」

要するに一番良いといっても一般的に見ればまあまあくらいらしいが、悪いと言われているわけでもないのだから前向きに考えようと思った。

「でも、瑞季さんのほうはどう思ってるんですか?」

絵梨花さんが気になることを遠慮なく聞いてくる。

「……言いづらいですが、今のところは恋愛対象としては全く思っていないようです、でも悪い感情も抱いていませんから、かわいい後輩といった感じでしょうか」

予想通りだが、あらためてはっきり言われるとショックは大きい。

打ちひしがれていると黒川さんがみかんを抱えて帰ってきた。

がっくりきている僕を見て呆れたように口を開いた。

「なに、真央姉こいつを視てあげてたの?」

「そうですよ、せっかくですから」

「あんまり色々視てあげてたら、また面倒ごとに巻き込まれるんだからほどほどにしといたほうがいいんじゃない」

「……面倒ごとって、何かあったんですか?」

「真央姉、昔氏子の人を視たときに殺されかけたことがあるのよ」

「えっ、殺されかけた?」

物騒な話に驚いてしまう。

心配している僕を見て真央さんは今から五年ほど前の事件のことを話してくれた。


……◻……　……◻……　……◻……


その日、氏子の人から真央さんに来た依頼は息子が部屋に引きこもって学校にも行かないので、何かに憑かれていないか視てほしいという内容だった。

引きこもっているのであれば、その氏子さんの家まで出向かないといけないだろうと思っていたが、母親が神社で良い人がいるから視てもらおうとお願いすると素直に承諾したようだった。

霊視の約束の日時が来たとき、真央さんは神社の中の空気がピンと張り詰めるのを感じた。

そして、何か異変が神域に起こっていることを感じ取ったが、そのときくだんの親子が訪ねてきた。

神社の異変の要因はどうもこの親子、特に引きこもりの息子のほうにあるようだった。

真央さんは頭の中で警戒しながらも、表には出さずいつも通りに応接室に親子を通した。

母親はいかにもいいところのお嬢様といった若くて繊細そうな女性だった。

一方の息子のほうは少々陰うつな雰囲気はあったが、普通の高校生の男の子に見える。

少し話を聞いてから真央さんはさっそく息子を霊視することにした。

もちろん先ほどからの異常な空気からも何か悪いものが憑いている可能性があったので、十分に警戒しながら視界に力を込める。

しかし、いくら視ても何か悪いものに憑かれている雰囲気は視えてこない。

仕方がないので、正直に母親にそのことを説明した。すると——

「へえ、なんかもっともらしい話すると思ったんだけど、そんなんでいいのお姉さん?」

初対面にもかかわらず、少年は挑発的な言葉を口走った。

「な、なんてこと言うの、失礼でしょ」

慌てて母親が制止しようとするが、

「お姉さん、じゃあ代わりに俺が今から何しようと考えてるか、わかる?」

少年はさらに試すようなことを言ってきた。じつは真央さんは神域の張りつめた空気によってか、少年のズボンのポケットに意識が集中させられるのを感じていたという。

「……私に対する殺意めいた想いを感じます、そのポケットに入っている刃物で私を刺そうというのですか?」

真央さんの言葉を聞いた少年は戦慄が走ったような表情を浮かべた。

「ふ、ふうん、本当に何か視えるみたいだね。そうだよ、インチキな詐欺霊能者を殺してみたかったんだよ」

殺してみたいという言葉とは裏腹に、少年自身はわかっていなかったのかもしれないが、真央さんは少年の殺意の半分は脅《おど》しと感じていた。なぜなら本当に殺そうとしていたのであれば、この神域も真央さん自身もこの少年をここに通してはいなかったからだ。

横の母親は二人のやり取りに青ざめていた。

「……そんな理由で私を殺そうとしたんですか？」

「そうだよ、お姉さん怖い目してるけど、なんで人を殺しちゃいけないの？」

少年はどこかの連続殺人犯の発言を模倣《もほう》したようなセリフを吐いた。

「おい、ばばあ帰るぞ」

そう言うと、少年は一人で部屋を出ていく。

母親はおろおろしながら、何度も真央さんに頭を下げて少年のあとを追っていった。

真央さんは緊張がとけてしばらく座ったままでいたが、心の整理がつくと深く息を吐いて二人に出したお茶を片付けようと立ち上がった。

しかし次の瞬間、神社の中の空気が一変した。

まるで震える強い感情が伝わってくるかのような震慄《しんりつ》の空気。

慌てて何が起こったのか確認しようと建物の外に出ていくと、

「ひぃっ」

真央さんは思わず叫び声をあげていた。

鋭利なナイフがご神体の納められている社殿に突き立てられていたのだ。すぐさま抜き取ったが、おそらく母親の目を盗んであの少年が持っていた刃物を社殿に投げつけたことは明らかだった。

これから神社はどうなってしまうのだろう——そんな恐れを抱きながらも真央さんは何もす

ることができなかった。


異変が起こったのはその日の夜。

昼間訪ねてきた少年の父親から、神社に電話がかかってきた。

話を聞くと少年の母親がその日の夕方に突然泡を吹いて倒れ、病院に救急搬送されたらしい。

詳しく状況を尋ねると、倒れてからひどい高熱にうなされながら意識は戻らず、色々な検査をしたが全く原因がわからないという。

電話を終えると、真央さんはすぐさまその病院に駆けつけた。

病院には連絡をしてくれた父親と訪ねてきた少年もいた。

少年はこちらに気づくと、すぐに近づいてきて真央さんの胸ぐらを掴んだ。

「おいっ、親は関係ないだろ、なんでこんなことするんだよ」

少年は絶叫したが、真央さんは微動だにせずに少年を見つめながら答える。

「あなたがあのとき私をナイフで刺していたなら、私の両親が同じことを聞いたと思いますが、なんと答えていたのですか?」

真央さんの言葉に、少年は固まった。

「どうして人を殺すといけないのか、わからないのでしょう」

少年は真央さんの服を掴んだまま崩れ落ちる。

母親が神の障りを受けて、ようやく自分のしたことがわかったようだ。

「……うう、ごめんなさい、ごめんなさい」

涙を流して謝る少年に、真央さんは少しかがんで言った。

「本当に反省しているのなら、神様に謝りましょう、きっと許してくれるはずです、私も一緒にお願いしますから」

少年は黙って頷いた。

「自分の欲のためだけでなく、家族などの周りの人のためにも頑張る、そういう思いだけで自分が生きていることの見え方が変わってくるものですよ」

真央さんは少年の父親に事情を話し、彼と神社に戻って一緒にお祈りをした。

そして、明け方ごろ、病院の父親から母親の意識が戻ったという連絡が入った。


…◆…◆…◆…


「いいお話ですねえ」

話を聞いていた絵梨花さんが右手で涙を拭《ぬぐ》う。

「その引きこもり君の気持ちはわたしもよくわかりますよ」

引きこもりの経験あるの、と突っ込みを入れようかと思ったが、真央さんのお話に神妙な気分になっていたのでもちろんやめた。しかし、黒川さんがぽつりと呟く。

「まあ、甘やかされて育ったせいでこの世で生きてる実感が得られなかった奴が、死のリアルを痛感できたということはよかったわよね」

怖いよ、いい話で終わろうとしていたのに、なんでそんな怖い風に言い換えるの。

黒川さんの言葉に場が凍り付いていたが、次の瞬間なぜか彼女の言葉にゾクゾクしている自分に気がつく。

そんな自分を客観的に見つめ、ああもう後戻りなんてできないのかも、そう感じてしまった。

藍の記憶

サイレンズネイム

「すまん、藍、やっぱりあの百万円返してくれ」

喫茶店で会った叔父はいきなり私に頭を下げた。

叔父の言う百万とは、私の父の借金のことだ。

私の両親は三年前、事業に失敗し、高校卒業を控えた私を残して夜逃げした。

残された私はわけもわからないまま、債権者に詰め寄られたが、連帯保証人の叔父や債権者だった今の勤め先の社長が間に入ってなんとか事態を収めてくれた。

そして、そのときから私はホステスをして叔父や他の債権者に父の借金を返してきたのだった。

先日、叔父へ返すお金が残り百万になったとき、叔父は残りの百万は返さなくてもいいと私に言ってきた。私が理由を尋ねると、藍の誠意はもう十分に伝わったから、早く普通の仕事についてほしいと叔父は言ってくれた。

そしてこの百万はいつか兄、つまり私の父が帰ってきたときに今まで迷惑をかけたことを怒るついでに請求してやりたいから、あえて残しておいてほしいと頼まれたのだ。

私は叔父の優しい申し出に大いに感動した。

ほどなくして私は夜の仕事のシフトを減らし、今の職場で事務員として働き始めた。

しかし今朝、叔父から突然会ってほしいと連絡があり、百万の返済をお願いされたのだった。

よくよく話を聞いてみると、叔父は投資が趣味で、仲間うちでもそこそこ儲けているほうだったそうだが、最近FXで大金を得た知り合いの話を聞いて手を出したらしい。

最初は利益をあげていたらしいが、徐々に赤字に転じていき、気がついたときには二百万のマイナスになっていたという。財布や貯金に関しては奥さんにすべて握られていて、自分の自由に使えるお金のほとんどが投資で増やしたお金だった叔父は追加の保証金の入金を迫られた際に、なんと会社の運転資金の一部を使ってしまったそうだ。

もちろん奥さんが管理している貯金があるので、正直に投資の損失のことを奥さんに話せば貯金の解約などで対応できたはずなのに……。

「二百万のマイナスなんて、あいつにばれたら俺は間違いなく離婚だよ。実を言うと兄貴の連帯保証の件でも相当やばかったんだ」

叔父の言う通り、父の夜逃げの際も最終的には叔父が説得してくれたが、叔母さんが怒りのあまり離婚も切り出していたのは知っていた。

叔父の話では二百万のうち半分は他のルートでなんとかなりそうだが、どうしてもあと百万足りない。そこで父の残りの借金百万の話を出してきたのだった。

「わかりました、私のできる限りのことはさせてもらいます、だから少しだけ待ってくれませんか」

「やってくれるか、ありがとう、藍」

「……いえ、もともとは私の家族の借金ですし。ただ一つだけ心配なことがあるんですが」

「……なんだ？」

「もし、父が本当に帰ってきたら、おばさんは父に残りの百万の請求をしますよね。でも私が今回払ってしまえばもう請求することはできないですから結局ばれますよね」

私の問いかけに叔父はあからさまにぎくりとした顔になった。

「……兄貴は、もう帰ってこないよ」

叔父はうつむきながら吐き捨てるように言い放った。

しかし、すぐに自分が言った言葉の意味に気がついたのか、慌てて否定する。

「あ、いや、ごめんな、藍、そんなつもりで言ったんじゃ」

「……いえ、別に、気にしてませんから」

私は愛想笑いをしながら気にしていないと返したが、先ほどの叔父の言葉には納得のいかないものを少々感じてしまった。


叔父と別れてアパートに戻り、とりあえず今日の日記をブログに書き始める。

自分の存在をアピールしているわけではなかったが、日記を書いているとその日の悩み事が整理されていくような感覚があったのだ。

今日の悩みはもちろん叔父への返済だ。

「ああ、嫌だなあ、借金のことを考えてると本当に暗い気持ちになっちゃう」

三年前から苦しめられてきた借金生活からようやく解放されると思っていたのに、まさかこんなことになるとは思ってもみなかった。

「何かお金を工面する方法はないかなあ」

もやもやとした思いを抱え、気がつくとネットで『悩み　解決』などの単語で検索していた。するとその中に心霊案件を解決してくれる事件屋にまつわる記事を目にする。

そういう都市伝説的なものじゃないなあとは思いつつも、少々興味が湧いたのでそのオカルトサイトを閲覧してみた。

心霊事件屋を始めとした記事を読んでいると、願いをかなえてくれるサイレンの夢という都市伝説の記事を見つける。

「願いをかなえてくれる、どういうことだろ?」

訝しげに思いながらもその都市伝説の欄をクリックする。

その内容は次のようなものだった。

- サイレンの館という夢の中に存在する洋館がある。
- その館の庭園には紫の花畑の中に可愛らしい女の子がいる。
- その女の子は夢の中のあなたに謎かけを出してくる。
- 謎かけに正解することができれば、願いをかなえてくれる。

噂程度の都市伝説とはいえ、私もそんな素敵なものがあるなら遭遇してみたい。

その後、いつもの流れでメールを確認すると知らない相手から一通のメールが届いていた。

『今抱えている悩みを解決する「力」が欲しいあなたへ』

迷惑メールとも感じたが、その表題を見て少しだけ中身を見てみたい衝動にかられる。

丁寧な挨拶文とメールの要旨を説明する文章が並んでいたが、私は一つの箇所が気になった。

『我々サイレンの館がご提供する力は主に三つ、お金、権力、情報です。簡単な審査によりあなたの望む力をご提供できるかもしれません』

都市伝説のサイレンの館を模したと思われるいかにも胡散《うさん》臭い文面だが、なぜか私はぼんやりとメールの中のアンケート事項に、今困っている百万のことを記入してみた。

そして、アンケートを返信し終えると急に強烈な眠気に襲われ、私はそのままパソコンテーブルに突っ伏して寝てしまった。


私が目覚めたのは自分の部屋ではなく暗く広いお庭の中だった。

すこし湿った冷たい空気が頬にあたり、庭を照らす月明かりが今は夜だということを物語っていた。

「え、ここは……うん、夢だよね」

しばらくして意識的にこれは夢の中だということに気がつく。

私は立ち上がり、ゆっくりとあたりを見回した。

大きな洋風のお屋敷、その裏手にある庭園の中にいるようだった。庭園は淡く紫色に光る大きな花畑で、私の人生の中でこんなに幻想的な光景を見たことがなかった。

まだ、意識はぼんやりとしていたが、もう一度あたりを見回した。

そのとき、紫の花園の中にひときわ大きな紅い花が見えた。

近づいてみると、それは本物の花ではなく花のような豪奢《ごうしゃ》なドレスを着た一人の女の子だった。

「あなた、誰?」

女の子の姿を確認した私は声をあげた。

「誰とは、ずいぶんなご挨拶ね」

そう答えた女の子は私の予想よりもさらに幼い感じだった。

年の頃は十四ぐらいだろうか、背丈もかなり小さく細身《ほそみ》だ。

金色の髪と人形の服のような仕立てのよさそうな紅いドレス、その整った顔立ちには高貴さが溢れ、物腰も優雅だった。そして、彼女の足元には可愛らしい黒猫が控えている。

「ようこそ、サイレンの館へ、ここはあなたを悩ませるすべてのものから解放する場所よ」

歌うような声で少女は告げた。

「えっ、サイレンの館って、あの都市伝説の、本当に?」

「そう、ここで私と謎かけ遊びをすればあなたは望みの力を手に入れることができる」

少女の言葉に私の身体は固まった。

「その、力って、お金ってこと?」

「ああ、あなたの希望はお金だったわね、もちろんそれだけでなく、お望みであれば、権力でも、情報でも」

少女の片目が赤く光ったような気がした。

いえ、よく見ると彼女の眼は片方が赤色、そしてもう片方の眼は緑色だ。

「じゃ、じゃあ、さっそくそのお金のための謎かけとやらについて教えてよ」

その風貌からまるでおとぎ話に出てくる悪魔か邪悪な妖精との取引にも感じたが、どうせ夢のことだからと私は少々強気だった。

「嬉しいわ、こんなにスムーズに交渉を始めることができるなんてね」

少女は小さく笑う。

「まあ、でも、百万円ぽっちの謎かけだったら、ねえ、どうしようかしら」

「な、なによ、別にいいでしょ」

「ええ、まあ、それじゃあ、私の名前をあなたが言い当てるというのはどうかしら」

「えっ、あなたの名前？」

「そうよ、チャンスはそうねえ、今夜を含めて三夜でどうかしら」

「あなたの名前って、もし私が三日間で答えられなかったらどうなるの？」

私の願いをかなえてくれるというからには言い当てられなかった場合の条件があるはずだった。

「ええ、私が要求するものはただ一つだけ、それはあなたの魂よ」

「えっ、魂って、命ってこと？」

「そうよ、じつはこの庭園のお花達は人間の魂を吸って成長するの、それで私はたくさんの人の魂が必要なのよ」

少女の声に呼応するかのように足元から音が聞こえてきた、それも複数の……。

音はどんどん大きくなり、私の足元の地面から黒い何本もの手と顔が浮かび上がってきた。

「ひっ！」

無数の顔は何かを探しているようにも見えたが、ほどなくしてまた地面に消えていく。

くすくすと笑う少女に対して、私はただ驚きで沈黙してしまった。

そして、気持ちを落ち着かせると私は少女に怒鳴りつけた。

「あなた馬鹿じゃないの、名前なんて無数にあって当てられるわけないでしょ、そんなことに命を懸けれないわよ」

私の文句にふっと少女は口の端で笑みを浮かべる。

「うん、もちろん百万程度の謎かけだから、ものすごく簡単にしてあげるわよ」

少女はまるで私の言葉を聞いていないかのようなしぐさで続けた。

「え、簡単にって」

「まず、言い当てるのは私のファーストネームだけでいいわ」

「えっ、それって私でいったら藍っていう下の名前だけでいいってこと？」

「そうよ、それと私のファーストネームは日本語でいうカタカナ表記で四文字、それと小文字や伸ばす文字、ンの文字、濁音《だくおん》、半濁音は入らないわ」

「ということはアンジェリーナみたいな複雑な名前じゃなくて、アメリアみたいな名前ってこと?」

「そう、なかなか理解が早いじゃない」

私はかなり条件が絞られたことで少し考え込んだ。

「それと、これは破格の条件だけど、百万円は明日さっそく先払いしてあげる」

少女は余裕に満ちた表情を浮かべた。

「……先払いって、もし私が答えられなかったら、没収ってこと?」

私の問いに少女は勝ち誇るかのように微笑んだ。

「返す必要なんてないわよ、あなたが私の名前を言い当てられなくても、百万円はあなたにあげる、どう、悪くない話でしょう」

私はしばらく考え込んで、そして顔をあげた。

「いいわ、その条件でやりましょう」

私の言葉に少女は満足したように小さく頷いた。

命を懸けた勝負ということはわかっていたが、どうせここは夢の中……そんなお遊び的な感じはずっと私の中にあったのだ。

その晩、私は夢の中で東の空が白むまで考え付く限りの四文字の名前を挙げたが、彼女の名前を言い当てることはできなかった。

再び目が覚めたのは私のアパートの部屋のパソコンデスクの前。どうやらパソコンをしながら突っ伏して寝てしまったようだ。顔をあげて、意識が覚醒してくると慌ててメールボックスを確認したが、サイレンの館のメールは存在していなかった。

「えっ、メールもない。どこからが夢だったんだろう、変な夢だったなあ」

そこで私はインターネットでサイレンの館について調べてみたが、そんなものは検索でみつけることができなかった。

「あれ、おかしいな」

オカルトサイトでサイレンの館という都市伝説を見かけたような気がしていたので奇妙に感じてしまう。私は不可解な思いを残しながらも、しょせん夢の中のことと気にせずそのまま着替えて出勤することにした。

お昼休みに私は近くの銀行にいた。叔父に返済する百万を工面するためにとりあえず自分の手元のお金は全部引き出しておこうと考えたからだった。

「確か三万円ぐらいは残ってたと思うけど」

私はＡＴＭで通帳を記入してみた。

「えっ！」

最初は見間違いかと思ってしまった。

しかし、確かに残高で『1,033,387』と出ている。

口座には今日付で百万が振り込まれていたのだ。振込元はサイレンズハウスと印字されていた。

私はすぐに窓口に行き、係の女性職員に振込のことについて問いかけた。

「こちらに関しましては身に覚えのない振込ということでしょうか？」

いまいち要領を得ていない様子の窓口の女性は逆に私に尋ねてきた。

「……いえ、そういうわけではないんですけど」

「では、何が問題なのでしょう？」

まさか夢の中の話をするわけにはいかず、少しの間考え込んだが、次の瞬間、私は今からこのお金引き出せますかと窓口の女性にお願いしてしまった。

まるで夢の中にいるような心持ちで百万の束を手にした私は午後体調が悪くなったと嘘をついて会社を休み、その足で叔父に連絡を取った。

叔父に会ってお金を差し出すと、叔父はしきりにお礼を言いながらもどうやって工面したのかを尋ねてきたが、私自身もよく事態がわかっていないのだ。とにかくこの嫌な借金を早く片付けたいという思いだけが先行して、何も事情は説明せずお金を叔父に渡してしまった。

そうこうしているうちに二日目の夜になり、私はまたパソコンデスクでいつの間にか眠っていた。


「さあ、今夜もがんばってね」

昨夜と同じ紫の園の中で私は身を起こした。

少女は私のそばに立っている。

「やっぱり夢じゃなかったんだ」

「いえ、ここは夢の世界、サイレンの館よ」

少女の物言いに私は自嘲気味な笑みを浮かべてしまった。

仕方なく私は昼間に調べて覚えた外国人の女の子の名前を答えていこうとしたが、そのときあることに気がついた。

「ちょっと待って、この謎かけよく考えたら、仮に私があなたの名前を言い当ててもあなたがそれを認めないこともできるじゃない」

なんでこんな簡単なことを最初に考えておかなかったのか悔やまれるほどの失態だった。

「私が嘘をつくってこと?」

「そうよ」

少女はぞっとするような視線で私をにらんだ。

心まで貫通するような視線に耐えられなくなって、私は目をそらす。

「この私がそんな汚い取引をするはずがないでしょう!」

氷のように冷たい声が響き、私の背中を悪寒が駆け上がる。

少女がそう叫んだ一瞬、表情に怒りが見えた。

「ご、ごめんなさい、ごめんなさい」

私は何回も何回もごめんなさいと謝った。

いつもの私はこんなふうに許しを請うことなんてしない。

しかし、そのときの私は目の前のこの愛らしい少女が怖くて仕方がなかったのだ。

その恐怖の根源はどこからかと言えば、言動や姿などというものではない。私は存在そのものに対して恐怖を感じるようになっていた。もはや本能的に、この少女を怒らせないためだったらどんなことでもできそうな気がしていた。

そんな私の様子を見て少女はにやりと笑うと再びもとの表情に戻る。

「そういうあなたこそ、さっそく私の振り込んだお金は使ってしまったみたいじゃない」

少女の言葉は私の思いをさらに複雑にした。

「もちろん私は汚い真似なんてしないけど、あなたはもうこのゲームを全力でやり切ることしか残っていないのよ」

私はしばらく逡巡していたが、ここ何年か人を接待する仕事をしてきた目から見ても先ほどの少女の怒りは本物だと感じていた。

どのみちもう彼女を信頼する前提で答えるしかないのだ。

私は再び覚えていた名前を答え始める。

しかし、再び東の空が白むまでに彼女の名前を当てることはできなかった。

三日目のお昼休み、私はある人に相談していた。

うちの取引先の営業のお姉さんで、親交のある瑞季さんという女性だ。彼女はいわゆる霊感の強い人らしく、以前も私が軽い考えで心霊スポットに接触して取り込まれそうになったところを助けてくれたことがあったのだ。私は彼女行きつけの喫茶店でランチを食べながらこれまでの夢の取引と叔父への借金のことを話してみた。

「瑞季さん、どうですか、やっぱりただの夢のお話でしょうか?」

少しの間、彼女は考えていたが、やがてぼそりと呟く。

「う〜ん、今のところ勘だけど、たぶんホンモノ、かな」

私にとっては夢の話なんか気にしなくていいわよと答えてほしかったのだが、彼女も本物と感じているようだった。瑞季さんはパソコンの中の日記なんかも覗かれて偶然を装《よそお》って接触されたのかもと推測しているようだが、今となっては真相などどうでもいいことだ。

「まあ、とにかく話をまとめると、あなたは今夜まで、つまり約八時間以内にその夢の中の少女の名前を知っている人間を見つけないと死ぬ、これが今の現状よ」

「えっ、名前を知っている人間を見つける? 名前を言い当てればいいんですけど」

「う〜ん、これも勘だけど、その女の子があなたを嵌《は》めようとして出した問題だったとするならすぐに思いついたり調べたりできるような一般的な名前じゃないような気がするんだよね、となるとあてずっぽうで答えないといけないんだけど」

瑞季さんは携帯電話を取り出して電卓を起動させたようだ。

「わかりやすく説明しようか、あなたが眠りについて夜明けまで約九時間、仮に五秒で一つ名前を言い続けられたとして、夜明けまでに……大体六千回くらい答えられるわね」

「はあ」

「そして、あなたの言ってた条件の四文字の名前が何通りあるかといえば、使える文字がカタカナで四十五文字だから、四文字ということはその四乗……大体四百万通りぐらいかしら」

「えっ、そんなに！」

「つまり確率にして六千割る四百万で約０．１５％、ほぼゼロよ。だからあてずっぽうの線はほぼ詰んでる。彼女の名前を知ってる人間を探すほうがまだ目がある気がするわね」

話を聞いてようやく自分の置かれた状況がわかってきた。冷たい汗が身体から噴き出してくる。

「あの、瑞季さん、心霊事件屋の人とか聞いたことありませんか？」

ネットで見た単なる都市伝説だったが、不意に私は心霊事件屋という単語を口にしていた。

しかし、その言葉を口にしたときから彼女の表情が曇ったような気がした。

「ああ、心霊事件屋ねえ、藍ちゃんどこでそんなこと知ったの？」

「えっ、本当にいるんですか？」

都市伝説と思っていた存在を彼女が当たり前のように話し始めたのにも驚きだったが、私は彼女の表情の変化も気になったので尋ねてみた。

「いるね、あんまり気乗りしないけど、聞いてみようか？」

一言だけ吐き捨てると瑞季さんはどこかに電話をかけ始めた。

「もしもし、黒川です、久しぶり。ねえ、突然で悪いんだけど……」

彼女の口調はいら立っているように聞こえるが、その表情はさらに冷たさすら感じる。

「えっ、近くにいるからこの喫茶店に来るの？」

瑞季さんは渋々わかったわと了承すると電話を切った。

「くそっ、久しぶりだから直接会いたいって、はぐらかしやがって」

忌々しそうに瑞季さんは叫んだ。

「そんなに危ない人なんですか？」

「普通霊能者の仕事っていうのは表にはあまり出てこない裏の仕事なんだけど、あいつは中でもさらに闇の深い仕事も請け負う人間。だから掃除屋なんて呼ばれたりすることもあるけど、あまり関わりたくない部類の人間よ」

それでも彼女が電話の相手の要望に従ったということは、その人なら今回の悪夢のことを知っていなくても、何か手がかりぐらいは聞き出せるのではないか。そんな期待があることは様子からわかった。

ほどなくして厚手のコートを身に着けた男の人が店に入ってきた。

その男性は瑞季さんの姿を確認すると私達の席に近づいてくる。

私は最初、瑞季さんの口ぶりから気持ち悪い中年の男性を勝手に思い描いていたが、その男性はぱっと見た感じでは渋い男前で私は驚いた。

しかし、間近で見るとそんな見た目の優美な顔立ちとは全く異なる雰囲気がすぐに伝わってくる。

「初めまして、橘《たちばな》です」

初めて会う私を観察するような視線、橘と名乗った心霊事件屋の男性はあまり健康そうには見えなかった。

顔色がとても悪く、何より目がひどく昏《くら》い色に沈んでいてとても不気味な感じがする。

「お久しぶりです、珍しいですね、あなたのほうから連絡をくれるなんて」

「……私は別に会いたくはないんだけどね」

露骨に嫌そうな顔をする瑞季さんに、この人の情報で命がかかっているかもしれない私は、穏便に進めて欲しいと心の中で願う。

そして、とりあえず橘さんも飲み物の注文をして落ち着いたところで、私は彼に今回の夢の話を始めた。

特に表情を変えずに彼は私の話を聞いていたが、私の口からサイレンの館という言葉が出た途端、彼の表情が一瞬、陰惨《いんさん》にゆがんだように感じた。

「えっ、あの、私何か変なこと言ったでしょうか？」

私はその顔を見てすくみあがってしまった。

その様子を見て瑞季さんが橘さんを睨《にら》みつける。

「何か知ってるの？」

「ええ、知っていますよ。というより私も驚いているところです、その名前をあなたから聞けたことに」

この人は今回の悪夢のことについて何か知っている、私は少し希望が見えた気がした。

「どのようにサイレンの館と接触したのですか？」

橘さんは唐突に私に問いかけてくる。

「は、はい、えっと、インターネットのサイトやメールが送られてきたり……」

私の話を聞きながら彼は意味の取れない笑みを浮かべていた。

「波長の合う特定の人間に向けてインターネットの中の心霊サイトやメールで接触を図っているというのは知っていましたが……いやあ、あなたはレアな体験をしましたね、宝くじに当たったようなものですよ」

何が嬉しいのか、微笑みながら気分が高揚しているようだった。

「あの、そもそもの話で申し訳ないんですが、今回私が遭遇したサイレンの館というのはいったいなんなのでしょうか？」

私は少し状況を整理する意味も込めて橘さんに質問をしてみた。

「ふむ、そうですね、それじゃあ、簡単に説明しましょうか」

私の問いかけを受けて、橘さんは別の視点で話を始めた。

「まずサイレンというのは英語ですが、日本人にはセイレーンと言ったほうがわかりやすいかもしれませんね」

確かにセイレーンという言葉は聞いたことがある。

「多くの場合、美しい歌声で人を惑わす半人半鳥、もしくは半人半魚の妖怪として描かれますが、この場合は厳密に言うと半人半鳥のほうを指します」

「鳥、ですか？」

「もともとこの都市伝説の始まりは、ある在日アメリカ将校の住む屋敷にまつわる奇怪な逸話だったのですが……まあ、籠《かご》の中の雛鳥《ひなどり》という意味でしょうか」

そこまで言って橘さんは急に話を止める。

「いや、やめておきましょう、あの館の背景に関する話についてあなたは聞かないほうがいい。この話は彼女にとってあまりいい意味のものではありません」

そう言うと橘さんはあらためて私を値踏みするように見つめてきた。

「あなたは思ったことが素直に表に出てきそうだ。彼女の気分を害しそうな要因は一つでも除《のぞ》いておいたほうがいいですね」

なんだか馬鹿にされたような気もしたが、橘さんはとても重大なことを口にしていた。

「あの、このサイレンの館というのは現実の世界に存在するんですか？」

「少なくともネットの中にはなんらかのものは存在するのでしょうね、そうでなければいったい何があなたの口座にお金を振り込んだりするんですか」

難しい顔をして橘さんは答える。

「じゃ、じゃあネットのほうから直接接触することもできるわけですよね」

夢の中だけの出来事だと思っていたものに現実世界の手がかりが現れ、私は少し明るい希望が出てきた。しかし、反対に橘さんは表情を昏くしている。

「……お勧めしません」

「えっ？」

不意の警告に私は一瞬、橘さんが何を言っているのか理解できなかった。

「全くお勧めしません」

とても強調したいことなのか、繰り返し同じことを忠告された。

「私も以前、正規でない方法でサイレンの館に二度接近を試みたことがあります」

接近を試みたという言葉に驚きで叫びそうになるのをぐっと抑《おさ》える。

「そして、二度とも死にかけました」

彼は小さく呟いた。

「もちろん、今回のような事件がらみのことでしたので、私は接触にあたり考え付く限りの用意と準備をしたつもりでした。しかし、あの館の前では全く意味はありませんでした」

橘さんは私の瞳を覗き込むように語りかけてくる。

「私が今こうして命があるのは全くの偶然というほかありません」

橘さんの話を私は食い入るように聞いていたが、瑞季さんから制止が入った。

「その館が危ないというのはもう十分わかったわよ、それでその女の子の名前は知ってるの?」

瑞季さんの催促を受けて、橘さんは懐《ふところ》から手帳を取り出した。

そしてパラパラとページをめくり、一枚のページを破り取ると裏返しにしてテーブルの上に置いた。

「どうぞ、ここに彼女の名前が書かれています」

「えっ、彼女の名前知ってるんですか?」

置かれた紙の裏側に書かれているようなので、私はすぐに紙を受け取ろうとしたのだが、彼の指は破られた紙の上から動かずに置かれたままだ。

「五十万でいいですよ」

私は最初彼が何を言っているのかわからなかったが、すぐにこの情報を渡す対価のことを言っているのだと気がつく。

「ご、ごじゅうまん！」

「安いものでしょう、もちろんローンで構いませんよ、何回かに分けて払っていただければ」

私は助けを求めるかのように瑞季さんに視線を向けるが、彼女は黙ったままだ。

おそらくこの代金を支払ってでもこの情報の対価としては妥当と思っているのだろう。

「……わかりました」

私は了承した。また借金が増えるのは嫌だったが、命には代えられない。

しかし、橘さんはまだ紙から手を放そうとはしなかった。

「それと、一つだけお願いがあります」

「ま、まだなにかあるんですか？」

「もし、夢の中の彼女が誰から自分の名前を聞いたか尋ねてきても、私から聞いたことは教えないでいただきたいのです」

意味がよくわからなかったが、私はその条件も了承した。

私は荒い息を抑えながら、再び夢の世界に帰ってきたことを認識するとようやく立ち上がった。

少女の名前を教えてもらったとはいえ、眠りについてしまえばそのまま死んでしまうかもしれなかったので、震えながら布団に入っていたのだ。

私は再び庭園の中の少女の前へと足を運んだ。

「こんばんは、それじゃあ今夜も始めましょうか、わかっていると思うけど、今夜私の名前を言い当てられなかったら、あなたの魂をもらうわよ」

「わ、わかってるわよ」

声がうわずってしまいそうになるのを懸命に抑えて私は言い返した。

「あ、あなたの名前は……」

呼吸を整えると自然と身構えるような姿勢になっていく。

もし橘さんに教えてもらった少女の名前が間違っていたら私は死んでしまう。

凄まじい恐怖に涙が溢れた。絶望的な死の恐怖だ。

私は覚悟を決めて橘さんの手帳に書いてあった目の前の彼女の名前を言い放った。


「あなたの名前は……サミエナ、ね」


しかし、少女は全く動じたそぶりは見せない。

ただ、私の言葉に少し首をかしげただけだった。

「えっ、なに、あなた、今なんて言ったの?」

少女の反応があまりに鈍いので、私は魂を奪われる自分を想像してしまい、思わず膝から崩れ落ちそうになる。

「あ、いや、サミエナ……さん、と」

しかし、私が繰り返して告げた名前に少女は体を震わせた。

そして、大きな目がさらに大きく見開いたような気がした。

「う、うそ……うそよ、あなたごときの人間が私の名前を言い当てるなんて」

少女は全く想像していなかったのか、私の答えた名前を正解とあっさり認めてしまった。

「あ、あたり……よ、よかった」

私は少女の言葉を聞いて身体から力が抜けそうになったが、今こそ逆に毅然《きぜん》とした態度で自分をしっかり保たないと、と思い奮い立たせる。

「さ、さあ、名前を当てることはできたんだから、勝負はこれで終わりね！」

私は鋭く彼女に言いきった。

しかし、少女は何がおかしかったのか、面白そうな表情になって小さく笑った。

「ふふっ、そうね、名前あてのゲームはこれで終わりね。でも、一発で私の名前を言い当てたということは誰かから私の名前を教えてもらったのかしら？」

それはまさに橘さんから口外しないでほしいと言われていたことだ。

私は薄笑いを浮かべただけで彼女の問いをやり過ごしたいと願う。

「私の名前を知っていてまだこの世で生きている人間ねえ、ちょっと興味があるわね」

少女はどこかぞっとするような表情を浮かべている。

「そう言えば、あなた両親が行方知れずなのよね」

「な、なんで知ってるのよ！」

少女の問いかけに驚くと同時に、私はさらにひどい悪寒がした。

サミエナは間違いなく私から橘さんのことを聞き出そうとしている。そして、私の失踪した両親のことを口にした。

導き出される答えは一つしかないのだ。自然と私は叫んだ。

「……確かに私の両親は失踪していて、私はその行方を捜しているけど、それはここではなんの意味もないことだわ！」

「うん？　どういうことかしら？」

「だってあなたはフェアな取引を大事にする気高い人だと信じてる。仮に私の両親の情報をあなたが持っていたとしても、それをあなたの名前を教えてくれた命の恩人の情報と交換しようだなんて、そんな汚い取引を持ちかけてくるはずがないもの」

私の宣言にもサミエナは口元に笑いを張りつかせたままだ。

「ふうん、なるほどねえ」

にやつきながら少女がゆっくりと近づいてきた。

私は反射的に一歩後ろに身を引く。

「それは確かに卑劣《ひれつ》な取引ねえ」

私は震えていた。どうしようもないぐらいにガタガタと全身で震えていた。

「そんな風に先に言われてしまうと仕方がないわね」

整っている少女の顔の幼い唇がきゅっと引き締まった。

「勝負は……あなたの勝ちよ」

少女の敗北を認める言葉に今度こそ力が身体から抜けていくのがわかった。

しかし、はっと我に返った瞬間、私の立っている場所は煌《きら》めく紫の花粉に包まれていた。

舞い降りる幻想的な光の中、視界が歪《ゆが》んでいく。

庭園の紫の花園中から歌声が聞こえてくる。

目の前が真っ白だった、消えていく意識の隅《すみ》でサミエナは最後に囁いた。

「あなたとはまたどこかで会いたいわね、さようなら、悪夢は終わりよ」


少し身体が熱をもっているような気がした。

夢の中ではそれほどの時間は経っていなかったはずだが、部屋の窓からは朝日が差し込んで鳥のさえずりも聞こえてきた。

布団の横の目覚まし時計を見ると、ちょうどいつも起きている時間だった。

私はゆっくりと布団から起き上がると、台所まで行きコップでお茶を飲む。

「危なかった、もう少しで私の命と橘さんの命が天秤にかかるところだった」

あの少女がもし橘さんのことを聞き出そうと前のめりになれば、その性格からしてもう引き返すことはできないはずだった。

「橘さんはこうなることがわかっていた、それでも私に情報をくれたんだ」

夢の中に持っていくことはできないことはわかっていたが、御守り代わりにとパジャマのポケットに入れていた手帳のページを取り出した。

このメモをどうしようとも考えたが、私はもうこんなことは早く忘れたいと感じ、流し台でメモに火をつけ燃やしてしまった。

橘さんのメモが灰になったとき、不意に玄関のドアが叩かれる。

「おーい、生きてるか？」

瑞季さんの声だ。万が一、私の命が夢の中で持っていかれたときに、部屋に残った私の死体を警察に届けてもらうようにお願いしていたのだ。

私はすぐに返事をして玄関の扉を開けて外に出た。

「ありがとうございます、瑞季さん、おかげさまでなんとか生きてます」

「そう、よかったわ、それじゃこれ渡しておくわね」

瑞季さんは自分のカバンの中から封筒を取り出した。

受け取って中身を確認してみると、一万円札が束で入っていた。

「えっ、瑞季さん、これ」

「五十万入ってるから、もうさっそくあいつに返しなさい、毎月少しずつ返してくれればいいから」

私は瑞季さんの好意の真意は感じ取れていた。

それでも一言だけは反論しておこうと思う。

「瑞季さん、気持ちはわかりますが、橘さんってそんなに悪い人じゃないような気もするんですけど」

「……あなたがどう感じてるかは知らないけど、悪いことは言わないからあいつへの借りはお金で済んでいるうちに返しておきなさい。そうじゃないと借りがどんな形に化けるかもわからないんだから」

おそらく私なんかよりずっと彼のことを知っている瑞季さんの言うことなのだから、私は素直に従うことにした。


橘さんに連絡を取ると、早速その日のお昼休みに会うことができた。

私は彼に瑞季さんから借りたお金の封筒を差し出した。

「……確かに」

そう言うと、彼は中身を確認せずに封筒を自分のカバンに入れてしまった。

「えっ、あの」

あまりの呆気ないやり取りに私のほうが慌ててしまいそうだった。

「どうしました?」

「あ、いや、中身を確認しないのかなあと思って」

「ああ、なるほど、でもあなたがこうして返しに来たわけですから大丈夫でしょう」

彼が何を言っているのかよくわからない。

「もちろん生活と探究のためにお金が必要ないというわけではないのですが、あまりお金そのものには興味はないんです」

彼の言葉の深い意味を理解することは私なんかには到底不可能だが、簡単に言うと自分は怪異の探究にしか関心はありませんと言っているように感じた。

一応領収書をもらったあと、私はあらためて夢の中の女の子、サミエナのことを聞いてみた。

「あの少女はいったい何者なんでしょう?」

私の問いに橘さんは本当に楽しそうな様子で頷く。

「そうですね、こういう事象を説明するときに、人はよく悪魔という表現を用いますね。でもそんな簡単なものではないんです。それらを研究することこそが私のライフワークですよ」

興味深そうに橘さんは笑みを浮かべる。

「ところで、彼女は僕のことを気づいていましたか?」

おそらく聞いてくるであろうと思っていたことを橘さんは尋ねてくれた。

「そ、それなら大丈夫です、私に名前を教えた人物がいることまでは気づいていましたが、橘さんにはたどりつきませんでしたし、私もしゃべりませんでした」

ここは私が今回最も頑張ったところだったこともあり、橘さんも心配していたことだと思ったので特に強調して説明した。

しかし、得意げに話した私に対して彼が発した言葉は全くの予想外だった。

「そうですか、気づきませんでしたか……残念だなあ」

彼は確かに残念と呟いた。

私があれだけ橘さんのことを隠そうとしたのに、彼は残念と言ったのだ。

しかし、私にしゃべらないでくれと言ったのだから、彼も理性の上ではそれが自分の命に関わる危険なことだとわかっていたはずだ。

それでも、出てきた残念という言葉は、彼の奥底に佇む昏い闇から染み出してきた心の声のような気がしてしまった。

この人は今日にでもサイレンの館へ三度目の接触を図り、命を落としてしまうかもしれない、そんな恐ろしい予感さえ浮かんでくる。

この人はすでに確実な死と一緒に生きている。

それほどの危うさを感じるほどの言葉だった。

けれど、決して自分の希求をやめたりはしない――彼のしていることは世間的にはたぶん異様なことなのだろう。だけど、私には彼の気持ちが少しだけわかってしまった。

私はそんな彼を見ながら、身体の奥から冷たい恐怖と諦めの思いがせりあがってくるのを感じずにはいられなかった。

エピソード⑬

視えない視界

地元での就職一年目に初めて迎えたバレンタインのお話だ。

僕は黒川さんと外回りの途中お昼時になり、彼女の行きつけの喫茶店でランチを取っていた。

そのお店はケーキやお茶、軽食を出すお店だったが、ランチにも力を入れていて日替わりのパスタランチなどで人気があるらしい。

僕はその日は特別な日《バレンタイン》とあって、朝から黒川さんが義理でもいいからチョコをくれるかどうかそわそわしていたのだ。しかし、朝から現在に至るまでそのような話は一切されず、かといって僕のほうから催促をするような失礼なこともできずにいたところだった。

そんなとき、男女二人ずつの四人組の若いグループが入ってきた。

平日のお昼に私服だったので、歳から見てもおそらく大学生だと思われる。もともと広めのお店だったので大勢のお客さんでにぎわっていたのだが、僕達の隣のテーブルに着いたそのグループは少しうるさいぐらいの大きな声ではしゃぎ始めた。

僕も普段であればそんなことは一切気にしないが、僕の向かいに座っている黒川さんはなぜかじっと彼らを見ているようだった。僕も何か注目することがあるのか少々気になり、彼らの話に聞き耳を立ててみた。

すると、どうも昨晩に心霊スポットの探訪をしていたようで、そのときの感想をお互いに言い合っているようだった。しかし、心霊スポットとはいえ恐怖体験をしたというわけではなく、楽しそうな雰囲気で話をしているだけだ。

僕は不謹慎だなあと思いながらもさらに興味をもったのは、黒川さんが彼らのことをじっと見続けていることだ。彼女はいわゆる霊感の強い女性であることとは裏腹に、できるだけ心霊的な事象には関わらないようにする性質だったので、なぜこのありきたりな心霊スポット探訪のグループを気にしているのかが不可解だった。


そんなことを考えていると、彼女はおもむろに自分のカバンに手を伸ばし、何かのケースを取り出した。なんだろうと思っていると彼女はそのケースを開き、中から眼鏡を取り出して、おもむろにその眼鏡をかけたのだ。

衝撃の光景だった。

黒川さんの眼鏡姿は、彼女の知的な雰囲気をさらに高め、スーツ姿に眼鏡といういつもとは違う大人の女性の色香に、僕は心臓が張り裂けそうなほどの感動すら覚えてしまった。

彼女の目が悪いという話は聞いたことはなかったし、今までも眼鏡をかけている姿は見たことがない。僕は自分が非常にレアな場面に遭遇していることを認識して、自分の今の立場を放り出してでも今の彼女の姿を携帯で写真に撮っておくかどうかまで真剣に考えてしまった。

そんな動揺している僕の想いを見透かしたのか、彼女が話しかけてくる。

「なによ、朝からそわそわしてると思ってたけど、あれでしょ、バレンタインのチョコのこと気にしてるんでしょ？」

僕が今最大に注視しているのは目の前の眼鏡のことだったのだが、彼女の指摘が外れてはいなかったので、混乱しながらも頷いてしまった。

「もう、心配しなくてもちゃんと用意してるわよ。本当は私のほうが日ごろのお礼ということで欲しいぐらいなんだけど」

笑いながらそう言うと、彼女は喫茶店の店員さんを呼んで、何か話をする。

そして、店員さんは店の奥から大きめの紙袋を持ってきた。

「ねえ、みえてるの？」

彼女はその紙袋の中から、透明なケースに入ったチョコを一つ取り出して机の上に置いた。

「はい、これはアンタの分、このお店で注文してたのよ、結構高いんだぞ」

黒川さんのオーダーしていたのは、ビターっぽい黒いチョコの中に何種類かのナッツが入っている大人な感じのチョコだった。

「まあ、もちろん義理チョコだけど、せっかくならおいしい奴のほうがいいじゃない」

彼女がそういうだけあって、本格的なお菓子を扱うお店のチョコでとてもおいしそうだ。

「ねえねえ、ぼくたちのことみえてるんでしょ？」

「それにしても中学生じゃあるまいし、こんなチョコぐらいのことで朝からそんなに緊張することないじゃない」

「そ、そんなに、そわそわしてましたか？」

「もう、まるわかりよ、こっちが逆にチョコのこと話しかけづらくなるぐらいだったわよ」

僕の反応にからかうような笑みを浮かべながらも、彼女は嬉しそうだ。

「みえないふりしたってだめだよ、さっきぼくたちのことみてたでしょ！」

「じゃあ、ホワイトデーには白いものでお返ししないといけませんね」

「え、白いもの？」

彼女の表情が少し驚いたように曇る。

「あ、いや、アメとかマシュマロとか、白いものでお返しするんじゃなかったでしたっけ？」

僕は何かまずいことを言ってしまったのかと思い、慌ててホワイトデーのお返しのことを確認する。

「むかつくなあ、みえてるのにみえてないふりして！　もういいや、こいつらころしちゃお」

「あ、ああ、アメとかね、そうねえ、真珠とかプラチナとかでもいいわよ」

「どうしてチョコのお返しが貴金属になるんですか」

「お返しは倍返しだろ」

「倍どころか、十倍でも足りませんよ」

「……はんのうがないね。ほんとうに、こいつらみえていないんだ、じゃあ、いいや」

黒川さんといつものようなかけ合いをしながら、ランチも食べ終わり、店員さんがセットの飲み物を持ってくる。

チョコの話もしながら時間をかけて食べていたので、気にしていた心霊スポット探訪の若者グループは僕達より先にお店から出て行った。

それを確認してか、黒川さんは深く息を吐き出しながら疲れたような表情で眼鏡をはずした。

「何がいたんですか?」

僕はあらためて黒川さんに尋ねてみた。

チョコの談笑をしている間、ずっと姿の見えない何かの話しかける声が聞こえていた。

「アンタ、よくわかったわね」

「いや、前触れもなく今まで見たこともない眼鏡をかけたりしたから、たぶん何かあるのかなあと思って」

黒川さんは重たそうにもう一度息を吐き出した。

「たぶん、さっきの奴らが心霊スポット……もしかすると廃寺とか史跡なんかに行ったのかも」

「……廃寺ですか?」

「妖怪ですら比べ物にならない禍々しさ、あれはおそらく、その土地の祀《まつ》られなくなった神様じゃないかな……」

「神……ってどんなのが憑いてたんですか?」

「……全身白い坊主の子供みたいな奴らだったわ、目と口のところが黒い空洞でね、表情がないから何を考えているのかもわからなかった」

そこまで聞いて、事情がすべて呑み込めた。

「でもいくらアンタが視えないとはいえ、私に眼鏡のことを追求しないで普通にやり取りをしてくれたから、なんとかあれを欺くことができたわ」

黒川さんは心霊探訪のグループに憑いていたものを眺めていたが、途中で見てはいけないものだと気づいた。そこでそれを見ないようにしたが、向こうに気づかれてしまい、慌てて視線をわかりにくくするために眼鏡をかけたようだった。

「まあ、それでも、みえてるんでしょ、って話しかけられたときは内心ドキドキでしたけどね」

白い坊主の子供、それで僕が白いものという単語を出したときに一瞬驚いたことが理解できた。

すると突然、黒川さんは驚愕の表情を見せる。

「え、アンタ、あれの声は聞こえてたの?」

黒川さんは僕が声すらも聞こえていないと思っていたようだった。

「え、ま、まあ、しつこく視えてるのかって聞いてましたよね」

「そ、それであそこまでしらを切ってたの?」

「は、はい」

僕は黒川さんの迫力に押されながらもゆっくりと頷いた。

それを確認した黒川さんはレシートをもつとレジに向かう。

「あ、僕の分は自分で払いま……」

「今日の分は私におごらせて……助かったわ、ありがとね」

振り返りざまにかけられたお礼の衝撃で、チョコをもらったとき以上に身体が固まってしまった。

しかし、彼女の次の言葉はさらに衝撃だった。

「でも、アンタはこちら側の世界に馴染みすぎるようになってきてる。それはとても危ういことだと思う」

そう呟いた彼女の横顔は無表情で、言葉に込められた感情はよく感じ取ることができなかった。

帰りに車の中で僕は考えていた。

心霊的な世界に慣れてきている、確かに最初の頃に比べて、妙に落ち着いて対処できるようにはなったと感じている。黒川さんに会ったばかりの僕ならおそらく、その白いモノが憑いていた四人はどうなるんでしょう、というような、なんの意味もない質問をしていたはずだった。

なぜ意味がないかというと、そんなことを聞いても黒川さんが何かできることもないし、やる謂《いわ》れもないからだ。いたずらにこれから凄惨な目に遭うであろう彼らのことを考えることになるだけで、全く無意義で愚《おろ》かな質問だった。

だから、事務所に戻る途中で、警察車両が交通事故の整理をしていて、中央分離帯に乗り上げて大破している車が、先ほど喫茶店で窓から見えた四人組の白いスポーツカーに似ている気がしたが、深くは考えないことにした。

そして、もしあの四人組の交通事故の記事でも目の当たりにしてしまえば、彼らのむごたらしい最期が僕の心の中に根付き、穏やかな生活が送れなくなってしまう恐れがあるのだ。

そのため、僕はこのとき冷淡なようだが、これからしばらくは新聞もテレビのニュースも見ないようにしよう……そう考えていたのだった。

エピソード⑭

人間は愛しき災厄とともに

打ち捨てられた神霊と遭遇したランチのあと、僕達は取引先の高遠さんのところを訪ねていた。もちろん仕事の打ち合わせのためだったが、黒川さんはランチを食べた喫茶店で僕の分だけでなく、仲良しな人達に渡すチョコもたくさん購入していた。

そのうちの一つがここの従業員の絵梨花さんの分だった。

黒川さんと僕はそのバレンタインチョコを彼女へ渡すために打ち合わせが終わったあと、事務所二階の住居スペースに行った。

玄関で出迎えてくれた絵梨花さんはパジャマ姿だ。以前、出産直後に訪問したときもパジャマ姿だったが、もう出産から三ヶ月は過ぎているのでさすがに少し違和感がある。

少々顔色が優れないようなので、体調が悪いのかと思い尋ねると、昨晩娘さんの椎奈《しいな》ちゃんが一晩中泣き続けていたためにほとんど寝ていないらしい。

全く泣き止む様子がなかったので何かの病気かと思い、夜中に病院にも連れて行ったらしいのだが、特に悪いところは見つからなかったようだ。

今は泣き疲れたのかようやく眠ってくれたと、絵梨花さんは疲れた表情で力なく話した。

一晩中の夜泣きをあやしたり、深夜に病院へ連れて行ったり、育児は本当に大変だと感じてしまう。

「あら、お客様？」

絵梨花さんにチョコを手渡していると、奥から声がして玄関に女の人が現れた。

僕は思わず息を呑んでしまった。

その女性は白いネグリジェを身に着けていた。

理知的な顔立ちと、生まれつきなのか色素の薄い肌と髪がその服装と相まって、まるで外国の深窓の令嬢といった雰囲気を醸《かも》している。こんな田舎の事務所という空間の中では違和感があるほどだった。

「あっ、お義母《かあ》さん大丈夫よ、わたしのお客さんだし、具合も悪いんでしょう」

「えっ、お義母さん？」

絵梨花さんの言葉に僕は驚いた。

絵梨花さんの義理の母親ということは今目の前にいるのは、高遠社長の奥さんである玲《れい》さんだ。もちろん事務所でもたまに見かけるが、いつも会社の作業用ユニフォームを着ていたので、服装一つでこんなに印象が変わるのは驚きだった。

社長の奥さんとわかっているが、ネグリジュを着たその姿は二十代後半といっても差し支えないほどに若々しかった。

絵梨花さんも童顔で幼く見えるが、玲さんの場合はその色の薄さから、激しく活動できないために身体が老化していない、そんな印象さえ受ける外見だった。

「えへへ、お義母さん、若いでしょ、このネグリジェも似合うと思ってわたしが通販で買ったんだよ」

ネグリジェといっても卑猥《ひわい》な感じではなく、むしろ部屋着としてのシンプルなデザインで可愛らしい装いだった。

「ええ、もう、こんな格好、ほんとに恥ずかしいのに」

具合が悪くて休んでいたらしく、顔色は悪かったが、玲さんの言葉にはどこか周りに対する苛《いら》立《だ》ちのような気を含んでいた。

「四十代なのにお尻とかも全然垂《た》れてないんですよ」

絵梨花さんの軽い口調に玲さんは舌打ちをする。

「……もう、あなたが死んでくれたら、そんな耳障りな言葉も吐かなくなるのかしら」

「えっ、あ、あれ、お義母さん?」

僕達の目の前で彼女は絵梨花さんに対して死という言葉を口にした。

姑の言葉に絵梨花さんも戸惑っているようだ。

嫁姑関係が悪いのだろうかと感じながらも、僕は何か形容しがたい雰囲気に、気持ちが悪くなってきた。あまりの居心地の悪さにもうここをあとにしたいと感じてしまい、黒川さんのほうを見たのだが、彼女も気分が悪くなったのか右手を額に当てて少し苦しそうに眼を閉じていた。

「ねえ、アンタも気がついてる?」

彼女は僕に対して何かの確認を求めてきた。

彼女が確かめたいこと、そして伝わってくるこの気持ち悪さ、僕はあっと思った。

この頭の芯から響いてくるような独特の気持ち悪さには覚えがある。

「……来てるわね、なんか良くないものが」

険しい表情でそう言うと彼女は玄関の奥をゆっくりと見やる。

良くないものという言葉に絵梨花さんも気がついたようだ。

「えっ、瑞季さん、この家に何がいるんですか？」

黒川さんはじっと奥の暗がりを見つめながら小さく呟いた。

「かなり老齢の男性……たまたまここに現れたわけじゃないわね、強い因縁を感じる、たぶんえっちゃんかお義母さんの関係者かしら」

黒川さんが霊感の強い人であることをよく知っている絵梨花さんは、すぐに彼女の話を理解しているようだったが、玲さんのほうは彼女が何を言っているのかまるでわからないようだ。

「この人は助けを求めて来ている……誰か身内の方で心当たりのある人はいませんか？」

助けを求めている霊と言われて玲さんも最初は訝しんでいたが、一応黒川さんの話には合わせてくれた。

「……いいえ、私の身内や親しい人でそんな助けを求めてくるような故人は心当たりがないわ」

「……瑞季さん、私も両親の供養はしているけど、歳のいった男性というのはちょっと……」

絵梨花さんは育ての母親は生きているが、実の両親を自殺と事故で亡くしていた。

そんな事情もあるが、二人とも今ここにきている人物には心当たりがないようだ。

黒川さんは目を閉じて、何か他の情報を霊から感じとろうとしているようだった。

「名前を……あなたの名前を教えていただけませんか？」

黒川さんは石のように身を固くしていて、かすかにだが身体が震えているように見える。

そして、黒川さんは抑揚に乏《とぼ》しい声で呟いた。

「よ、し、ざ、と、りょ、う、ご……よしざとりょうご、と言っているように聞こえます」

その名前を聞いて玲さんは著しく反応した。

「えっ、どういうこと、その名前は……私の父の名前よ」

衝撃を受けながらも懸命に震えた声を絞り出した。

黒川さんは玲さんに彼女の父親のことを尋ねる。

彼女の話では玲さんの父親は彼女が子供のときに外に女をつくって家を出ていったらしい。

連絡先は知っているのか、玲さんは父親の携帯電話へかけ始めた。

玲さんはつながった電話に淡々と話しかけていたが、突然驚いたような表情をしたあと、しばらくして電話を切った。

電話に出たのは父親ではなく、浮気相手の女性だった。

そしてなんと、その女性から十日前に玲さんの父親が亡くなったと告げられたようだ。

もはやなんの関係もないと判断されたのか、娘の玲さんにも知らせずに、葬儀も向こうで終わらせてしまったらしい。

玲さんは特に未練はなかったようだが、父親のほうは彼女が高校生ぐらいの頃から時々連絡が来ていて、最近もひ孫にあたる椎奈ちゃんが生まれたことで会いに行きたいと言っていたらしい。

「とりあえず、ここに来ている彼にはいったん帰ってもらいます」

厳しい気配が彼女の表情に浮かぶ。

僕達が見つめる方向とはわずかにずれた場所に瞳を据《す》えて、人差し指と中指を立てながら流れるような動作で空間を切った。

黒川さんの眉が苦しそうに寄せられる。

霊が視えていても、彼女自身の容貌は他の女性と何も変わらない。

しかし、視えない僕達にとっては何もない空間に対して除霊《じょれい》をしている光景は逆に異質に浮き上がって見える。

「……あっ、うん？」

玲さんが突然不思議そうに声をあげた。

同時に黒川さんも動作を止め、目を閉じて重く息を吐き出した。

「……昨日から続いてた気持ち悪さが消えたわ」

どうやらこの場から霊はいなくなり、憑かれていた玲さんの体調不良も治ったようだった。

しばらくして場の雰囲気が落ち着いた頃、黒川さんは突然大きな声をあげた。

「あ、あの、お義母さん」

急な大声に玲さんは驚きながらも黒川さんを振り返る。

「な、なに、かしら？」

「お願いがあります、お父さんの霊を供養してはもらえないでしょうか、今回のお義母さんの不調も椎奈ちゃんの夜泣きもお父さんの霊の仕業です」

「えっ、どういうこと?」

玲さんはわけがわからないといった感じで尋ねる。

「あの霊は死者の世界に行くことができずに苦しんでいることを身内の人間に気づいてほしくてここに来ていたようです」

「どうしてここに……それに娘の私はともかくとして、椎奈は関係ないじゃない」

「おそらく最初は浮気相手の女性のところに行ったはずですが、自分の訴えに気づいてくれなかったので、血のつながりをたどってここに来たんだと思います」

恐ろしい説明を彼女は続ける。

「どうも椎奈ちゃんは霊を感じやすい体質のようです、それをお父さんに気づかれたために狙われたんだと思います、そしてあの霊は再びここに戻ってくるはずです」

「えっ、瑞季さん、追い払ったんじゃないんですか?」

僕の問いかけに黒川さんは困ったように僕を一度振り返った。

「……浮遊霊《ふゆうれい》が憑いてきたというのならともかく、あの霊はお義母さんに強い因縁があります、少々追い払ったぐらいではすぐにまた戻ってくるでしょう」

黒川さんの声のトーンが一段下がる。

「……おそらくあなたのお父さんは今回の件で椎奈ちゃんが自分の求めに気づいてくれていると思ったはずです。このままでは椎奈ちゃんの命も危ないんです」

「で、でも、なんで、私が?」

戸惑った視線を向けられて、黒川さんはびくりと身を縮めた。

「……身内の方で、当人を想える人でないと、供養することが難しいんです」

黒川さんはすがるような目で玲さんを見つめている。

「……私はもう昔のことだから、父を恨んでいるということはないけど、私が父を供養すればこの問題が解決するというの？」

「本当に突拍子のないことを言っているのはわかっているつもりです。しかし死者の供養はどうしても身内でないと本質的な念がこもらないんです、他人では無理なんです」

黒川さんは必死だった、突然こんな説明をして玲さんの不興は百も承知で、彼女の足元に身を投げ出さんばかりの雰囲気だ。

玲さんはしばらくの間、どう判断するか考えているようだったが、やがて黒川さんを見つめて答えを告げた。

「……わかった、あなたの言う通りにしてみるわ」

玲さんはぎゅっと目を閉じると、ゆっくりと目を開き答えた。

「私も昔、接客業をしていたから、初対面でもその人の人柄はある程度わかるの、それに私の不快感があなたの処置で消えたのも事実だしね」

「ありがとうございます」

黒川さんの顔に安堵の表情が広がっていった。

そして、玲さんはしばらく考えたのちに難しい表情をする。

「……じつはね、吐き気なんかもすごかったから、妊娠したのかもと思ってたのよね」

もごもごと独り言のように呟いた。

「……ほほう」

絵梨花さんがすぐさま玲さんの言葉の意味を感じ取ったのか、にやりと笑う。

「あ、ち、違うのよ、えっちゃんがこんなネグリジェを買ったものだから、あの人が元気になって……いや、ちがう、ちがうの！」

耳まで真っ赤にしながら玲さんは壮絶に自爆し続けた。

ひどく狼狽《ろうばい》した様子でなんとか逃げを打とうとする玲さんを見て、なるほど、いつもはこんな感じなんだと納得してしまった。


帰りの車の中で僕は黒川さんに尋ねてみた。

「それにしても、なんだか変な話ですよね、娘の玲さんにしても、ひ孫の椎奈ちゃんにしても、身内の霊が結果的に家族を苦しめるなんて」

ひどくゆっくりと黒川さんは僕の言葉に応える。

「……浮かばれない霊は気づいてもらうために血の縁をたどっていくから、巡り巡ってこんなところまで来るのよ」

「でも、愛すべき家族を苦しめちゃ意味ないじゃないですか」

「……どうして？」

「えっ、どうしてって？」

そんな風に返されるとは思っていなかったので、僕は少し混乱してしまった。

「奴らからしてみれば愛すべき家族が苦しむことでむしろ喜ぶこともあるのよ、今苦しんでいる自分のことを気づいてもらえると思うわけだから」

黒川さんは玲さんの父親ではなく、『奴ら』という表現を使った。

それは同じような事例がこの世の中で溢れているということを暗に示しているように聞こえた。

「……今回は椎奈ちゃんが霊を感じやすい体質だったから狙われたけど、最終的に狙われるのはその家族の中で一番大事にされている人の場合が多いのよ、自慢の息子だとか、最愛の娘だとか」

「……どういうことですか？」

「言ったでしょ、家族が苦しむことで自分のことを気づいてほしいって。身内が一番傷つくのは最も大事な人がおかしくなってしまったときでしょう」

昏い絶望が彼女の表情を染めていくようだった。

「直接関係がなくても、その身内の中で最も愛されている人が獲物にされてしまうのよ」

僕は彼女の言葉になんて皮肉なことだと思うと同時に、底知れない恐怖を感じてしまう。

「……もしかして、僕達の社会に存在する災い事の中には身内の霊が関わっていることが多いんでしょうか？」

僕の問いかけに彼女は浅く息を吐き出した。

「……多いなんてものじゃないわよね。今回みたいな不快な気分、憂うつ感、仕事の不調、病気、事故、自殺への誘導、奴らは気づいてもらうためになんでもするからね」

「そんなに多いんだったら、黒川さんはそんな霊に対処する仕事をやったら儲かるんじゃないですか？」

黒川さんの表情がいらついた感じになった。

「……今回みたいなケースは本当に稀《まれ》なケース」

「えっ？」

「死者の魂を弔《とむら》うということが希薄になってしまったこの社会で……霊の存在を信じていない人を説得する言葉を私はもってない」

そう言われて、僕はようやく自分がなんて軽はずみなことを言ったのかを認識した。


今回の件のように親友が身内の霊に憑りつかれて苦しんでいるときに供養をお願いしても、気がふれているのかとその家族から罵倒されてしまう、そんなリアルな現実が感じ取れてしまう。

彼女の言葉は今のこの社会の在り様を映し出しているようだった。

凄惨な背景のある心霊スポットを嬉々として訪れる人々、死者の怨念などないかのように行われる命に関わるいじめや虐待……。

仮に今回の件をまとめたとして、どれだけの人が現実の出来事として感じることができるのか。

浮かばれない霊が自分の苦しみに気づいてもらうために、最愛の家族を徐々に深い闇に引きずりこんでいく。

助かる術《すべ》はない。仮にそれが視えている人がいたとしても、彼らから救いの言葉が発せられることもなければ、言われても当人は理解ができない。それが生きづらいこの社会の中のリアルなのだと感じてしまう。

そんな世界の中、彼女はいったいどんなものを背負っているのだろうか。

彼女は遭遇する怪異には常に冷然な反応をしていたが、本当はそうした災厄に襲われた人々を助けたかったんじゃないか、そんな風に感じてしまう。

だから、僕は隣に座っているこの人に惹かれているのではないか。

そんな途方もない孤独を抱えてきた彼女を少しでも支えたい、今更ながらに自然とそう感じていた。

瑞季さん、あなたに視えているその世界はいったいどんな世界なのか。

強まる想いとは裏腹に、彼女が僕の教育係である一年はもうすぐ終わりを迎えようとしていた。

美弥の記憶

死神のすごろく

その夜、私は病院の一階にある自販機スペースで病室を抜け出した姉を見つけだした。

「お姉ちゃん、消灯時間過ぎているのにこんなところで何してるのよ、部屋を見に行ったらもぬけの殻《から》でびっくりしたわよ！」

「あっ、美弥、ごめん、ごめん、手術した左手が痛くて眠れないのよ」

姉はギプスで固められた左手をあげて見せる。

姉は仕事中に交通事故で左手を強打して、骨折と裂傷を負い、うちの病院に入院している。

しかし、痛くて眠れないといった割に平気で缶コーヒーを飲んでいた。

手術後に傷がうずいて眠れないのは十分理解できたが、私は姉に病室に戻るよう促す。

そのときだった。突然、周りの空気が凍り付くような違和感がその場を突き抜ける。

「えっ、何？」

私は病院の中に何かとんでもない異質なものが侵入したことは認識したが、普段よく感じている悪霊のそれとは全く違うものだった。

悪霊はその不快な気を周りに放出しているものだが、今病院に侵入したそれはむしろ自分の潜む力を抑え込んでいるような感じだった。

私以上に霊感の強い姉も同様に気づいたらしく、周りを警戒しているようだ。

耳を澄ましているとロビーに続く廊下の奥からゆっくりと近づいてくるかすかな足音が聞こえてきた。私は身を固くして近づいてくる違和感の塊《かたまり》を待った。

そして、闇の中から生まれるように一人の女の子が自動販売機の明かりの中に姿を現した。


赤いドレスに長い金色の髪、抜けるような白い肌が特徴的だった。

年の頃は中学生ぐらいだろうか、右手にトランクを持ち、肩には黒猫が乗っている。

病院という場所で西洋の童話から抜け出してきたような風貌の少女に一瞬思考が停止してしまったが、彼女は私達の存在に気づくと一瞥《いちべつ》だけして奥に進んでいく。

私はすぐに呼び止めようとしたが、その瞬間甘い香りが鼻腔をくすぐり頭の中が真っ白になった。急なめまいに倒れそうになりながら、その場にあった長椅子にぺたんと座り込んだ。

隣にいた姉も同じようだったが、頭を振ってすぐに立ち上がると、私の肩をゆすった。

「美弥、だいじょうぶ?」

「あ、うん、何、今の?」

「わかんない、でもすぐにあとを追いましょう」

事態はよくわからなかったが、不審者が病院内に侵入したのは確かなので、私達は少女の進んだあとを追いかけた。

奥のエレベーターホールまで来ると、一台のエレベーターが上へ昇っていくのが確認できる。ほどなくしてそのエレベーターは五階で止まった。私達は隣のエレベーターに乗り、あとを追う。

五階に着いて、ナースステーションに行くと夜勤の同僚ナースがうつらうつらと頭を揺らしながら朦朧としていた。

私は彼女達の肩をゆすって、誰か来なかったか尋ねる。

一瞬意識が飛んでいたことに誰もが驚いていたが、特に誰かが来た覚えはないと答える。

病院内にはいまだに先ほどの違和感が残っているままだったので、私達はもう少しこのフロアを調べようかと思ったが、姉のほうが病室を抜け出していることを同僚ナース達に気づかれてすぐに病室に戻るように注意を受けてしまった。


心残りではあるが、私もその日はそこで夜勤に復帰することにした。

次の日、私はあらためて昨晩あの少女が向かったと思われる五階の同僚達に昨日の少女の話をして、何か院内で変わったことがないかを尋ねてみた。

すると一人の看護師が何か思い出したのか、ある患者のことを話し始めた。

その患者は五歳の男の子で肺炎にかかって入院していたのだが、午前中ずっと寝ていて気になってどうかしたのか聞いてみると、昨日の夜に長い夢を見たというのだ。

その夢ではお姫様のような綺麗なお姉さんとすごろくをして遊んだと話しているらしい。

お姫様のようなお姉さん——夢の話ではあったが、私が昨日遭遇した少女と特徴は一致しているような気がする。

私は姉に男の子のことを伝えると、一緒に会いに行ってみようと言われた。

私達が個室を訪れると、ベッドに腰かけている男の子と少年の祖母らしき女の人がいた。

男の子の名前は純《じゅん》君といった。私達は二人に挨拶をして、自分がこの病院の看護師であることを説明し、彼が昨晩に見た夢のことを聞きたいと説明した。

夢の話と聞いて、純君はベッドの横の引き出しから嬉しそうに日記帳を取り出してきた。

「これね、夢日記だよ」

聞くと純君は夢を見てもすぐに忘れてしまうので、昔から覚えておきたい夢を見たときはすぐに日記帳に書き記しているそうだ。

「どんなお姉さんだったの?」

姉が尋ねると少年はうれしそうに説明を始めた。

日記帳には五歳の子供にしてはかなりうまいタッチでドレスを着た女の子が描かれていた。

子供の絵だったが、その髪型や服の特徴から、私達が昨晩見た少女で間違いなさそうだ。

「すごくきれいなお姫さまみたいなお姉さんだよ、二日前の夜から続けて夢の中に出てきたんだ」

照れたように語る純君を見て姉がにんまりと笑う。

「なんだよ、好きになっちゃったのかよう、子供のくせに意外にませてるなあ、初恋なの?」

いつものことながら、こういうデリカシーのないところが姉にはある。

「ち、ちがうよ!」

純君は真っ赤になって否定したが、その様子から夢の中のお姉さんに好意を抱いていることは間違いなさそうだ。

「それで純君、夢の中でそのお姉さんと何をして遊んでたの?」

「えっとね、人生すごろく」

「人生すごろく、すごろくはわかるとして人生って何?」

「お姉ちゃんがそう言ってたの、カバンの中から出してテーブルの上に広げたんだよ」

人生と名前のつくすごろく、あの有名な人生ゲームのようなすごろくだろうか。

「あのね、そのすごろくすごいんだよ、マスを進んでいくと僕が生まれたときから始まって今までのいろんな出来事が浮かび上がってくるんだ」

「純君の小さい頃の思い出ってこと?」

「そうだよ、ママとお出かけしたことや保育園の発表会とか」

人生のすごろく——それはまさしく死ぬ前に見ると言われる走馬燈《そうまとう》のようなものか。

「それじゃ、純君はそのお姉さんとすごろくを何回もやったの?」

「ううん、マスに止まるごとに思い出が浮かび上がってくるからなかなか進まないんだ、昨日はお外が明るくなるまでに四歳まで行ったよ」

「そのお姉さんはすごろくが終わったら、何か起こるとか言ってなかった?」

「えっとね、よく意味がわからないんだけど、お姉さんがすごろくで先にゴールしたら、僕の魂をもらうよって」

無邪気な口調だったが、少年の言葉に私達だけでなく隣のお祖母《ばあ》さんも驚いていた。

「魂を……ちなみにそのお姉さん自分の名前は教えてくれた?」

「うん、しにがみって言ったよ」

そこまで話して、少年の祖母が私達を病室の外に連れ出した。

「どういうことなんでしょうか、死神だなんて?」

お祖母さんは心底青ざめている。

「私達もそのことを調べるためにここへ来たんです、失礼ですがあの子の両親は今はお仕事中ですか?」

私の問いかけにお祖母さんはゆっくりとそして注意深く答えた。

「……あの子に両親はいません」

「どういうことですか?」

「純は私の娘の子供ですが、もともとうちの娘は高校を卒業したあとすぐに家を飛び出したんです」

思いがけない返答に私達は硬直する。

「家出を……それでその後は?」

「私と夫は消えた娘の行方を捜していましたが、先日シングルマザーで子育てをしている娘の情報を掴んでそのアパートに行ったんです」

悲痛な表情をしてお祖母さんは話を続ける。

「けれど、アパートの部屋はゴミだらけで肺炎と栄養失調で死にかかっていたこの子……純を見つけたんです」

「それじゃ、娘さんは？」

「アパートにはいませんでした、純の話によると二週間ほど放置されていたようです」

「育児放棄……ですか？」

「わかりません、しかし私達も反省しているんです。子供の頃から娘の進路のことに関して私達が最善とするものをきつく定めて、相応の期待をかけ続けてきました」

「……それで、家を飛び出したわけですか？」

「重圧だったのだと思います、最初は夫も激怒していましたが、今は娘に対しても謝りたいと思っています。それなのにこの死神というのはなんなのですか、純は死ぬんですか？」

「……まだ今のところはなんとも、もう少し純君の話を聞いても構いませんか？」

「ええ、どうぞ」

病室の中に戻ると純君は再び笑顔で話し始めた。

「あっ、お姉ちゃん、それでね、しにがみさんは夢の中のことじゃないかもしれないんだ」

明るい口調の少年の瞳が覗き込むように私達を見つめている。

「どうして……そう思うの？」

「今日起きたらね、ベッドの下にすごろくに使ってたサイコロが落ちてたんだ」

純君は小さな六面のサイコロを取り出して見せてくれた。

黒色の骨のような素材に金色で数字の刻印がされているサイコロだった。

「なるほど、確かに夢の中の話ではないみたいね」

姉はサイコロをつまむとおもむろにテーブルの上に転がした。

目は六が出た。

「ふふっ、懐かしいなあ」

姉と同様に私も子供の頃すごろくで遊んだことを思い出していた。

「あっ、お姉ちゃん、投げ方がしにがみお姉さんと同じだね」

同じ投げ方……確かに姉は三本の指でつまんで投げるある種独特な投げ方をしていた。

それを聞いた姉は何か気がついたような表情になる。

「ねえ、その死神お姉さんはいつも今みたいな投げ方をしているの?」

「うん、そうだよ」

「ちなみに今の時点で死神さんと純君はどっちがすごろくで先に進んでるのかな?」

「えっと、少しだけ僕がリードしてるかな」

そこまで話を聞いて姉は少し考えこむ。

「うん、それならもしかすると、なんとかなるかも……」

姉は頷きながら呟いた。


「あなた達は何を言っているのかしら?」

私達はその後、うちの病院の事務長のもとを訪れた。

黒縁の眼鏡をかけ、スーツに身を包んだ山本事務長は呆れたように答える。

「昨晩に死神と名乗る女の子が院内に侵入したですって？」

鋭い視線が私達に突き刺さってくる。事務長の山本女史は私達の他に目撃者はいないのか聞いてきたが、夜勤のナースは意識混濁《こんだく》、警備室に確認した防犯ビデオは少女が侵入したと思われるその時間だけ画像が乱れて確認できなかったことを説明した。

報告を聞いて山本事務長は少しの間、手を額にあてて考えていたが、やがて口を開く。

「確かに何か起こっているのは間違いないようだけど、仮にその死神が実際患者に接触していたとして、それはもうその患者の運命ということで仕方がないんじゃない」

身も蓋もないが、そう言われて私は少し考えてしまった。確かに死神が迎えに来ているのであれば、それはある意味運命であるかもしれないというのは一理あるように思える。

しかし、姉のほうは事務長の考えに対して明らかにいらつきながら言い返した。

「自分の病院の患者が命を奪われようとしているのに、それを死神の関わる運命とか言って放置するんだったら、あなたは今すぐ病院の事務長なんてやめるべきよ！」

「な、なんですって！」

山本事務長は姉の言葉に苦虫を噛み潰したような顔になる。

「……いいでしょう、そこまで言うんだったら対処しましょう、けど……」

事務長は姉の不敵な挑発を小憎らしい様子で見やっていたが、再び考え込み始めた。

「警察に通報するにしても映像があるわけでも、実害が出たわけでもないし、ちょっと難しいわね」

「病院の警備員をその患者の病室に張りつけるというのは?」

「最後の手段としては力づくもありだと思うけど、相手が相手だからできれば穏便に済ませたいのよね」

姉は考え込みながら唸った。

「穏便に……何か手があるの?」

「まあ、若干不確実な手ではあるんだけど……」

事務長の問いかけに姉はポケットからあの死神が忘れていった黒いサイコロを取り出し、ゆっくりと説明し始めた。


病室にはピンと張りつめた緊張感が流れている。

「あらあら、今日はお客様がいっぱいね」

病室に入ってきた少女と三メートルほどの距離を挟んで姉は睨み合う。

流れるような長い金髪をフリルの髪飾りでまとめ、赤を基調としたドレスに身を包んだ少女がややはにかみを含んだ笑顔を振りまく。

「しにがみお姉ちゃん、今日はこのお姉ちゃんたちも一緒にすごろくで遊びたいって」

「ふうん、なるほどねえ」

緊張感すらも楽しんでいるかのように死神少女は呟いた。

「すごろくに参加する人数が増えれば、私に勝つ確率も増えるってことかしら」

少女はくすくすと小さく笑う。

「でも残念ね、このゲームは私達二人だけのもの、途中からは誰も参加できないわ」

私は少女の言葉にどっと冷や汗が噴き出してくる。

私達もすごろくに参加するという方法は姉が色々考えている手段の一つだった。

「それとも力づくで止めてみるつもりかしら」

言葉と同時に膨大な圧迫感が少女を中心に渦を巻く。

途端にまたしても強烈な睡魔が襲ってきた。

私はなんとか気合を入れてその威圧を押し返すが、隣にいた山本事務長は力なく倒れこんだ。

「ええ、いいわよ、じゃあ、私達は横で見てるから」

姉も死神の力に影響を受けているはずなのに、素知らぬふりをして話を続けている。

「あら、あなた達二人はちょっと違うのね」

霊的な衝動に対する私達の耐性を見て少女は極上の笑みを浮かべた。

「それじゃ、お姉ちゃんさっそく始めようよ」

純君のかけ声でわずかに場の雰囲気が和らぐ。

少女はトランクを開いて折り畳み式のすごろく盤を取り出した。開くと四角のマスが連なっているだけで文字も何もない簡素なつくりだったが、マスの数だけは数百ある。

「それじゃ、四歳のときからだったわね」

少女はマーキングされたマスのうえにそれぞれのコマを置いた。

最初に少女がサイコロを振る。

純君が言っていたように少女のサイコロの振り方は三本の指でつまんで弧を描くように投げる独特のものだった。

目は四が出る。

次に純君が普通に振ると三の目が出た。

マスを進むと止まったマスから一条の光が現れる。

その光の中に薄暗い閉ざされた部屋が映し出された。部屋には顔を腫《は》れあがらせて壁にもたれかかっている一人の子供が確認できる。

見た目は驚くほど変わっていたが、その顔はまさしく純君だ。汚れの染み付いた粗末な服を身に着け、髪はぐしゃぐしゃに傷んでいる。肌は黒く汚れ、顔に表情はなく目も虚ろだった。

その光景に私の身体はまるで自分のものではないかのようにぴくりとも動かすことができない。

顔を背けることも、目を閉じることも無理だ。

「ああ、なんだかいやだなあ、このころからママが僕をぶつようになったから」

「思い出したくない嫌な思い出がこれからは続くのね」

光が掻《か》き消えると、少女は皮肉を込めて笑った。

これが死神のすごろく――姉の言っていた通り、このすごろくには死神の悪意が込められているようだった。対象者は自分のこれまでの人生を走馬燈のように振り返り、迫ってくる死というコマに先にゴールされてしまうと、その先の人生には文字通り進めないのだ。

「じゃあ、純君、次のサイコロはお姉ちゃんに振らせて」

姉が二人の間に割り込んできた。

「えっ、どうして？」

「お姉ちゃんなら、良い目を出すことができるから、見ててね」

そう言うと姉はサイコロをつまみ、死神少女と同じような動作で投げる。

転がって出た目は一番大きな目の六だ。

姉は続けて何度もサイコロを転がした。

出た目はすべて六だった。

「うわっ、お姉ちゃんすごい、どうなってるの？」

「ふふ、すごいでしょ、お姉ちゃんはサイコロを出したい目で止まるように転がすことができるの、純君もいっぱい練習すればできるわよ」

姉がこんな特技を持っているとは驚きだが、確かにサイコロで好きな目が出せるのなら、すごろくで負けることはない。

しかし次の瞬間、私はある考えに至る。

死神の少女が姉と同じサイコロの振り方をしていたということは……。

私は導き出されるその答えに息を呑んだ。

「お姉ちゃん、すごいけど、すごろくでそんなことしたら、それはズルだよ」

純君は姉をまっすぐ見て叫ぶ。

姉は純君のその言葉を聞くとにっこり微笑んだ。

「そうね、それはやっちゃいけないことよね」

姉の言葉は明らかに死神少女に向かって投げかけているものだとわかる。

死神少女をちらりと見ると姉の言葉を無視するかのように黙り込んでいる。

しかし、一瞬の空白のあと、少女は諦めたような表情を見せた。

「……参ったわね」

氷のように冷ややかな声が部屋の中に響く。

「降参……私の負けよ」

少女は寂《さび》しげに呟いた。自らサイコロの目を操作していたことを認めたようなものだった。

「えっ、おねえちゃん、どういうこと？」

少女が純君を見て表情をゆるめる。

「ごめんね、お姉ちゃん、ズルしてたんだ」

少女が微笑む。

「だから、そのお詫びね」

そう言うと少女はぐいっと純君の身体を抱き寄せた。

「え、え？」

突然の行動に純君はうろたえる。

少女は自分の胸に純君の頭をうずめさせた。

純君の顔は赤く染まって、彼の心臓の音が聞こえてくるようだった。

そして、少女は純君の顔を胸から離すと今度はその表情を覗き込む。左右で色の異なる深い赤と緑の瞳が少年の顔を映し出していた。まるで純君が瞳の中に閉じ込められたようだ。

少女のまなざしに純君は完全にくらめいているのがわかる。

「あなたは死の運命を乗り越えた、だからこれからも頑張って生きるのよ」

少年の顔が少し低い位置にあったので、少女は少しくちびるの位置を調節するように顔を近づけると、少年の頬に軽くキスをした。


静かな暗い廊下――私と姉、そして死神の少女は純君を部屋に残して廊下に出ていった。

「それにしてもお姉ちゃん、どうしてサイコロを操作してると思ったの?」

姉はちらりと少女を見てから話し始めた。

「まあ、この人生すごろくの趣旨を考えると……必然そうなるのよね」

「どういうこと?」

「このすごろくは対象者の狼狽ぶりを見てあなたが楽しむものでしょ」

少女は姉の指摘に苦笑した。

「そうね、落伍者《らくごしゃ》の転落人生を再確認させて、その後悔と死への恐怖を見て楽しむのが醍醐味《だいごみ》ね」

「でも、それを見るにはすごろくに勝つのはもちろんある程度進行が拮抗《きっこう》していないといけないのよね」

姉の言うことを頭の中で考えてみたが、確かに大人数で競うのではなく二人きりですごろくをするのであれば、あまりに進行に差が開いては緊張感が薄れてしまうことはありそうだ。

「だから、サイコロの目は操作することがこのゲームの前提になるかなと思ったのよ」

死神少女は姉の顔を見ないまま口を開く。

「まあ、今回は途中からどうにもやる気が失せちゃったからね」

「なんであの少年の命を狙ったの?」

「……売ってたのよ」

少女は低くため息をつく。

「正確には多重債務者だった彼の母親が売りに出されていたのだけど、その母親が自分の代わりに子供の命をあげるっていうものだから」

自分の子供を捨てた純君の母親はさらに自分の子供の命を死神に売っていたのだった。

「心配しなくても、母親のほうも解放するわよ、あの子は母親の運命も救ったのだから」

そのとき、純君が病室の外に出てきた。

「お姉ちゃん、今度はいつ来るの、僕の魂はあげられなかったけど、何か欲しいものある?」

微笑みながら見つめている少年に向かって、死神少女が口を開いたのはしばらく経ってからだった。

「**But now I hope……**」

少女はぽつりと呟く。

「I scream for your soul scream!」

死神少女は純君に言葉の意味を気づかれたくないのか、もしくは地が出てしまったのか、英語で姉に向かって吐き捨てた。

そして、その言葉には多少姉に対する感傷の色が混ざっているように私は感じた。

「えっ、お姉ちゃん、なんて言ったの?」

純君は少女の言葉の意味がわからず問い返す。

「……アイスクリームとソフトクリームがいいんだって」

「……ふん」

私のごまかしに対する少女の見下すような笑み、その瞳の奥にある凶暴な光にあらためて私の中の恐怖心が刺激される。

そして、死神はちらりと姉を見やった。

「あなた、お名前は?」

「人に名前を聞くときは……まあ、いいわ、黒川瑞季よ、死神さん」

「あら、これは失礼、私はサミエナ=アカネよ」

どちらがファーストネームかわからない変わった名前だ。

そして少女は何かに気づいたように口を開いた。

「ああ、あなたがあの黒川瑞季なの、ふうん、なら納得。まあ、あなたとはまた近いうちに会える気がするわ、ね」

少女は意味ありげな笑みを浮かべる。

「うん？」

死神の言葉に姉は軽く首をひねった。

「それでは、ごきげんよう」

別れの言葉が告げられると紫の花びらの渦が少女の周りから湧き起こる。

花びらの渦が消えたあと、そこにいたはずの少女の姿はどこにもなくなっていた。

代わりに入れ替わった甘い蠱惑《こわく》的な花の香りだけが静かに拡がっていった。

死神少女が消えたあと、姉は携帯電話を取り出して電話をし始めた。内容を聞いていると、どこかに待機させていた別の人間に事件が終わったことを告げているようだった。

「はあ、押し引き織り交ぜて色々な手を考えてたけど、一番穏便なところで片付いてよかったよ」

姉は両手をあげて背伸びをしながら、初めて笑って見せた。

姉は心霊事件が解決したとき、いつも本当にうれしそうな表情を見せていた。

その表情を見てしまうと、不安な思いは残りながらも私はつられて笑うふりをしないわけにはいかなかったのだ。

エピソード⑮

深淵の振り子

就職一年目の二月下旬のこと。

「ちょっと、黒川さん寝ないでくださいよ」

「……寝てないわよ。そういうアンタも眠そうじゃない、運転してるのに危ないわよ」

その日、僕は教育係の黒川さんと社用車で取引先を回っていたのだが、少し早めのポカポカ陽気の中、二人とも眠くて仕方がなくなっていた。

そのため、ちょっとどこかで飲み物でも買おうということになった。

しかし、幹線道路を走っているのに田舎の郊外なのでコンビニも自動販売機ブースも見つからない。

ほどなくして、最近うちの県に進出してきた大型スーパーが見えてきたので、そのまま駐車場に入った。

僕はそこで飲み物を買おうとしたが、黒川さんは露骨に嫌そうな表情をしている。

「あれ、どうかしたんですか?」

「……いや、ここ、出るんだよね」

世間一般でいうところの霊感が強い彼女が出ると言えば、もう幽霊しかない。

とはいえ、それなりの悪霊でも問題としない彼女が毛嫌いするのは少々違和感があった。

「えっと、こんな普通のスーパーにそんなやばいのがいるんですか?」

凄惨な事件などのあったいわくつきの心霊スポットと違い、買い物客が大勢訪れるお店にそんな彼女が嫌がるほど強烈な悪霊がいるようなイメージができない。

「とにかく私は気分が悪くなるから入らない。アンタも感じやすい体質だから危ないかもよ」

僕は霊を視ることはあまりできないが、どうも霊を感じることはできる体質のようなのだ。

彼女の言う通り、僕も危ないかもしれない。しかし、あのいつも強気な彼女がここまで拒絶することに、不謹慎ながら逆に興味が湧いてきた。

好奇心にかられた僕はとりあえず行ってきますと答えて、彼女を車に残したままお店の中に入ってみた。用心しながら入店し、スーパーの中をゆっくりと見回しながら歩いてみたが、悪霊がそばにいたり忌み地の中で特有に感じる嫌な雰囲気はない。

僕は警戒しながらも、彼女の好きな銘柄のブラックコーヒーと自分のカフェオレを買って、そのまま店を出た。何も起こらなかったことに少々釈然としない思いを抱えながら、黒川さんが自分のことを心配してくれてるかなあと考えながら車に戻った。

しかし、彼女は柔らかな日差しの中、完全に寝ていた。

おいおい寝てるよと思いつつも、いつも強気な彼女の無防備な姿に少しドキッとしてしまう。

僕はそっと車のドアを開けて助手席の彼女の首筋に冷えた缶コーヒーをあててみた。

「ひゃん、な、なに、なに！」

彼女らしくないかわいい声をあげてびくっと起き上がる。

「何するのよ、この野郎！」

自分が何をされたか理解すると、すぐさま怒りの表情で僕の頬をぎゅっとひねり上げてきた。

「いた、いたいですよ」

「くだらないことするからでしょう」

興奮しながらも彼女はすぐに落ち着きを取り戻し、僕にスーパーの中のことを確認してくる。

「ねっ、嫌な感じがしたでしょう」

黒川さんが聞いてきたが、僕は特に何も感じなかったことを伝える。

「えっ、そんなわけ……」

彼女は訝しみながらしばらく考えこんだのちに車を降り、自分でも確認すると言いだした。

そこで僕も一緒にもう一度スーパーに入った。

彼女はしばらく店舗の中をぐるっと見回し、やがて口を開いた。

「……いないね、それもここから消えてしまったみたいに何も感じない」

やはりスーパーの中には何もいないようだった。

「もう成仏《じょうぶつ》したんでしょうか？」

「……いや、そんな自然に成仏しそうな生半可《なまはんか》な奴じゃなかったのよ」

「どんな奴がいたんですか？」

「……天井から」

その一言だけ呟いて、彼女は言葉を止めた。

「やめときましょう、話してたら私達の好奇の念に導かれてやってくるかもしれない、アンタももう考えたらだめよ」

彼女がいつも霊に対することで注意している概念、霊への好奇心が霊を呼ぶという考えだ。

つまり僕達が悪霊の話をすることでその悪霊本体を呼び寄せてしまうかもしれないのだ。

僕達は再びスーパーを出て、駐車場をあとにしようとした。

「あれ？」

「どうかしたの？」

「いや、何か視線を感じたような気がしたんですが、例の悪霊でしょうか」

おいおいやめろよとでも言いたげに彼女は嫌悪感をあらわにしたが、彼女自身は何も感じていないようで、結局気のせいとなった。


その日の午後、僕は一人で取引先の高遠さんのところを訪れていた。

そこの社長から確認したいことがあるので来てほしいと連絡を受けたのだ。

しかし、いつもの事務所ではなく別の場所を指定されていた。高遠さんの事務所は昨年新しい事務所に移転したのだが、今回呼ばれたのは現在誰も使っていないはずの前の事務所だった。

事務所に到着すると高遠社長が出迎えて、応接室に案内される。

「悪かったね、急にこんなところに呼んじゃって」

高遠社長がいつもの調子で声をかけてくる。

「あの、どうして新しいほうの事務所じゃないんですか？」

「まあ、ちょっと関係者には内緒にしたい話だからね」

穏やかな口調のままだったが、何か危ない話の予感がしてくる。

言われるままに応接室に入ると、そこには初対面の人物が一人席についていた。

部屋の中なのに厚手のコートを着たままの暗い雰囲気の男だ。

「紹介するね、探偵の橘さん」

橘と紹介された男は僕に向かって軽く挨拶する。

高遠社長は探偵と紹介したが、僕は彼の名前を知り合いの女性から聞いたことがあった。僕の記憶と彼女の話が正確であれば、彼は心霊関係の事案を扱う事件屋のはず。もちろん、あの黒川さんもこの男とはそれ関係で交流があるそうだが、彼女は彼を嫌悪しているようだった。

僕が橘さんのことをまじまじと眺めていると、彼は高遠社長に向かって話を始めた。

「この十日間、奥さんの周りを警戒しつつその父親のことを調べましたが、結果から言いますと奥さんが父親の供養をするというのであれば特に問題とはならないでしょう」

高遠社長の奥さんの事件、それは僕も実際にその場にいたのでよく覚えている。

奥さんの玲さんが子供のとき、女を作って出ていった父親の霊に憑りつかれて体調を崩してしまった事件だ。それを訪問時に感知した黒川さんがその父親の霊の存在を玲さんに明かして、父親の供養をしないと危害は続くことを説明したのだ。

その際、玲さんは父親の供養を承諾したので、僕はそれで事件は終わったと思っていた。

「ちょうど奥さんが父親の墓参りをされたときにくだんの父親の霊を直接確認することができ

ましたが、特殊な怨念を抱いているようなものではありませんでした」

橘さんは玲さんに新たな危害が及ぶ可能性は低いことを説明した。

「うん、わかったよ、ありがとう」

社長は一応満足したように頷くと懐から封筒を取り出しテーブルの上に置いた。

「領収書はいらないよ、ポケットマネーだから」

「はい、確かに」

それだけ言うと、橘さんは中身も確認せず封筒をコートのポケットに押し込む。

「あの、それで僕が呼ばれたのはどうしてでしょうか?」

高遠社長が奥さんのことを心配してこの橘さんという事件屋に依頼して事後調査をしていたことはわかったが、僕がここに呼ばれたわけのほうが理解できない。

「ああ、それはね、橘さんが実際に父親の霊が来ていたときの状況を一応聞いておきたいというからね」

「それなら黒川さんを呼べばよかったのでは?」

僕の言葉に橘さんが苦笑する。

「彼女は私を嫌っていますし、できるだけ今回のことは秘密裏に行いたいということもありますので」

確かに黒川さんがこのことを知れば、少し面倒臭いことになる恐れはある。

僕は納得して、できるだけ詳細に事件の日、起こったことと彼女の語った言葉を説明した。

橘さんは興味深く一つ一つ僕の話を聞いている。そして終わったあと感慨深げに口を開いた。

「なるほど、血筋をたどって憑りついて、一番反応の大きかったところが狙われる、ですか」

橘さんが満足げに頷くので、何がそんなに面白いのかと思ってしまったが彼はそのまま続けた。

「実に優しい彼女らしい考察ですね」

「……どういうことですか？」

何か皮肉めいたものを含んだ言い方に、僕は言葉の意味を問いただしたくなった。

僕の敵意を秘めた雰囲気を感じ取ったのか、彼は少々考え込む。

「そうですね、理屈で説明するより一つ私の仕事を通じた体験をお話ししましょう、個人情報の問題もあるので細かいところは伏せさせていただきますが……」

そう言うと橘さんは一つの話を語り始めた。

「私が呼ばれたのはある新規開店したばかりの大手スーパーで、開店時の多忙業務で店長が首吊り自殺し、その後店内でその霊が現れるようになったので処理してほしいという案件でした」

スーパーの幽霊……偶然だろうか、今日、黒川さんが話していたスーパーの幽霊と話がかぶる。

「通常、店舗内で自殺者などの幽霊が出るからというぐらいではよほどの実害が出ない限り、私みたいな裏の人間が呼ばれることなんてないんですね」

幽霊が出たからといって、いちいち会社が処理なんてしないのかもしれない。

そのとき、僕は橘さんの話とは別の不安が浮かんでいた。今から橘さんが語ろうとしている話は黒川さんが聞かないほうがいいと警戒していたあのスーパーの話ではないのか、そうだとすると僕はこの話を聞いてしまうとよくないのではないかと身体の中から危険信号が鳴っていた。

しかし、僕は橘さんの話を制止しなかった。

仮にあのスーパーの話だとしても、今日その悪霊はいなくなっていたのだ。

それはおそらく目の前の橘さんがその悪霊案件を解決したからだろうと思ったからだ。

僕は好奇心ではないと自分に言い聞かせながら話を聞き続けた。

「実際にそのスーパーに入ったときに状況はわかりました。くだんの店長だった男が首を吊ったときのままの様子で高い天井からつり下がっているんです」

橘さんの説明ではその首吊り男は天井からつり下がりゆらゆらと揺れながら店舗の中を移動していたようだ。

「その独特の動きがね、まるで催眠術の振り子のように気持ち悪く頭に響いてくるんです、これは霊を視えない人でもある種の気持ち悪さを感じたのでしょうね」

実際、スーパー側の話では店内で気分の悪くなる人が続出し、売り上げにも影響が出る恐れがあり、橘さんが呼ばれたそうだ。橘さんは最初、会社として自殺した店長の供養を薦めたが、店舗を統括していた本部の役員の要望はあくまで元店長の霊の排除だった。

「まさしく除霊ですね、まあ、いつものことですが」

掃除屋と呼ばれることもある自分の立場を自嘲気味に話しながら、橘さんはそのときは除霊をすることで合意したようだった。

「あの、供養と除霊は違うんですか、僕には同じように聞こえるんですが?」

「うん、そうですね、確かに悪霊の影響をなくすという意味ではほとんど同じなのですが、供養であれば供物《くもつ》や関係者のお祈りなどによって悪念の和らいだ霊をあの世へと渡すイメージなのに対して、除霊だと霊の存在自体を術式によって打ち壊すか、自殺した部屋もしくは専用の呪物に悪霊を封印するかなどの処置になりますね」

なるほど、当事者の役員からすれば死んだ店長への供物やお祈り、謝罪などは面倒なものと感じてしまいそうだ。

「しかし、準備を整えてもう一度そのスーパーを訪れたとき、その悪霊は跡形もなく消えていました」

「えっ、消えたんですか？」

「はい、驚きましたね、自殺したお店に縛られた地縛霊だと思っていましたから」

「自然に成仏したということは」

「絶対にないと断言できますね、それほどの霊でした」

橘さんは依頼主の本部役員に店長の霊がいなくなったことを報告し、継続して対処することを打診したようだが、また何かあったら連絡すると断られたという。

「地縛霊と思っていた悪霊が消えてしまったことに私は疑念が残っていましたが、店長の霊が消えてから二週間ほどしたある日、あの本部役員から連絡があったのです」

「また店舗に霊が出たんですか？」

僕の問いかけに橘さんは首を振る。

「じゃあ……どこに？」

「役員の自宅です。彼の長女が二週間ほど前から、めまいなどの症状に悩まされていたということでした」

「症状がスーパーのものと同じだったということですか？」

「そうですね、彼もそこに思い至ったのでしょう、そして私が彼の自宅に呼ばれました」

「それで……どうだったんですか？」

そこで橘さんは一呼吸沈黙した。そして……。

「遅かったんです……私達が自宅のリビングに入ったとき娘さんは天井の照明装飾具に縄をかけて首を吊っていました」

「その……店長の霊はその場にいたんでしょうか？」

「いませんでした……しかし、私には感じ取ることができました」

「感じ取る？」

「はい、店長の狂喜の残留思念といいましょうか、首を吊って苦しむ娘さんの周りを喜んで振り子のようにゆれる彼の姿が」

そこまで話し終えて橘さんは、その後の処理についても役員の家族と関係者は継続して監視することになったと話してくれた。

「ここで一つの疑問が残ります、店長の霊はなぜ彼の長女を狙ったのか、役員本人ではなく」

「どういうことですか？」

「期間と状況から見て、店長の霊はスーパー店舗から離れたあと、ほどなくして彼の娘に憑りついて心身を侵食していったことになります」

僕は橘さんの説明を静かに聞き入る。

「彼には三人の子供がいたそうですが、死んだ長女が一番頭の良くて将来が有望な子供だったらしいですよ。しかし店長にはなぜそれがわかったのか、役員を含めて家族順番に憑りついていった形跡はないのに」

確かにこの事件では黒川さんの一番霊障に対する反応が大きかった家族を狙うという理屈では説明が付かない。

「あくまで私の考えですが、害悪と表現されるほどの心霊的存在はそれがまるで本能のように対象の最愛の人間を感知するということです」

それは黒川さんの説明とは考えの始点が逆と呼べるものだった。

「そしてそれは霊にとどまりません、人間の中でもこの世の深淵に染まっている人間は総じてその特性が強い気がしますね、その辺は高遠社長もよくわかっていると思いますが」

話を向けられて社長は苦笑いして同意も反論もしなかった。


そこで話は終了し、僕達は事務所から外に出る。高遠社長の車が駐車場から出て行ったあと、僕も仕事に戻ろうとしたのだが、橘さんが話しかけてきた。

「どうぞ、私の名刺です、何か心霊関係で困ったことがあればいつでも相談していただければ……

とはいえあの黒川さんと一緒にいるわけですから必要ないかもしれませんが」

そのとき、僕は最初から抱いていた疑問を橘さんに尋ねてみた。

「なぜ、僕をこの場に呼んだんですか？」

「なぜ、とは？」

「高遠社長が奥さんに心配をかけないよう、極秘で調査をしていたことは理解できます。そうであるならなおさら僕がここに呼ばれた理由がわかりません」

「……事件の状況を聞こうとしただけですよ」

「それなら高遠さんが奥さんや黒川さんに事件の状況を詳しく聞いてくればいいですよね、そのほうが調査のことが漏れる可能性が低くなります」

橘さんは僕の指摘にかみしめるように頷いた。

「うん、やはりいいですね、あなた」

彼の目が昏い光を見せたような気がした。

「どういうことですか？」

「ご指摘の通り、今回あなたをお呼びしたのは私があなたに興味があったからです」

「僕に……興味？」

「あの黒川さんとコンビを組んで一緒に過ごせているあなたのことを知って、こちら側に親和性がある人なのかどうかにね」

「僕が……こちら側に、どういうことですか？」

「確信を持ちましたよ、あなたも彼女と同じくこちら側の世界に強く惹かれている」

僕があちら側の世界に魅了《みりょう》されているということもいまいちピンとこなかったが、あの黒川さんまでじつは惹かれていると橘さんは言った。

「あれだけの素質を持つ彼女は心霊事件屋になるべきです、しかし彼女はいまだにその欲求にあらがっています」

「それはあなたの勝手な思い込みでしょう」

「そんなことはありません、あなたが思っている以上に彼女はこちら側の世界では名前が知られています、それに……」

彼はさらに強めた口調で続けた。

「あなたは彼女からあのスーパーの首吊りの霊のことを聞かないよう注意されたはずなのに、私の話を止めようとはしなかった」

橘さんは気がついていた、僕が彼の話に好奇心をもって最後まで聞いていたことに……。

いや、それだけじゃない、なぜ彼は今朝の僕と黒川さんのやり取りについて知っているのか。

「あなた、僕達のことを……監視してたんですか!」

「さて、なんのことでしょうか、まあ、しかし、あなたの憶測でもこのことは黒川さんには報告しないことをお勧めしますよ」

「何を言ってるんですか、あなたは?」

「あなたは今日、私と彼女、双方から首吊りの霊の話を聞いて具体的にその在り様をイメージしましたね」

あの店長の悪霊を具体的にイメージする、それは彼女からも強く禁止されたことだった。

黒川さんも橘さんもその概要を完全には説明しなかった。

しかし、僕は二人の話を合わせることでストーリーを完成させてしまった。

「あなたが今回のことを彼女に報告した場合、もしあなたに首吊りの悪霊が来てしまっても……

私は彼女の追求を恐れて連絡が取れなくなるかもしれないですね」

「あ、あなた、最初からそれが狙いで！」

「どう取ってもらっても構いませんよ、ただあなたは彼女が危惧する通り呼んでしまいやすい体質のようだし、彼女はあの首吊りの悪霊が体質的に苦手なのでしょう」

そこまで話すと彼の言葉に動けない僕を置いて踵《きびす》を返した。

「まあ、そんなに邪険《じゃけん》にしないでください、私もか弱い人間の一人です。寂しくて死んでしまわないように心を満たしてくれる仲間はできるだけ欲しいんですよ」

僕をちらりと振り向いて薄く笑うと、彼は自分の車に乗って駐車場を出ていった。

あちら側の世界に染まった災厄はターゲットの大切な存在を本能で嗅ぎつける、それはまさにあの人もそうなんだと感じていた。

今、僕と彼女は深淵の世界との狭間にいるのだろうか。

それは、まるでゆらゆらと揺れる首吊りの振り子のように……。

橘の記憶

恋人の資格、家族の資格

通された応接室で待っていたのは、がっしりした体型の店長と小柄なショートヘアの女の子だった。

「お待ちしておりました、えっと、橘さん?」

「……橘です、初めまして」

その日、私が呼ばれたのは県内最大の歓楽街にある風俗店だった。

簡単に自己紹介を終えると、さっそく店長から今回私が呼ばれた理由の説明が始まる。

普段私が処理している案件は、世間でいうところのいわゆる心霊案件だった。

もちろんその事象が世間一般に認知されていないうえ、霊障の現れ方、視え方にも個人差があるため、非常に扱いが困難な裏社会の仕事となる。

今回の案件は、店の中で黒い影のような女が現れて、主に休憩や仮眠で横になっているスタッフやキャストを襲うというものだった。店長を始め、店の女の子も何人か被害に遭っているようだ。

しかし、私にはすでに視えていたのだ。

「憑りつかれてますね、あなた」

「えっ、あっ、はい、このヒナが一番ひどくやられてて、昨晩はついに寝ているときに首を絞められたようなんですよ」

当然風俗店であるから源氏名《げんじな》と思われるが、ヒナと呼ばれた女の子の代わりに店長が答える。

憑りつかれていた少女をあらためてじっくり確認すると、およそこんな場には似つかわしくない愛らしい丸顔の女の子だった。いや、むしろこんな場だからこそふさわしいのだろうか。

「ヒナはうちの人気キャストなんで、体調不良で抜けられると困るんですよ」

一番ひどくやられていると言われた通り、第一印象は可愛らしい少女だが、よく見ると顔色が悪くげっそりと痩せて肌も荒れ気味だ。首にも説明の通り、絞められた跡が赤く残っていた。

「今も……後ろにいますね」

私が指摘すると店長は少女の後ろを見るが、彼には何も視えないようだ。

「やっぱり何かいるんですか?」

「はい、女性ですね、それもかなりの強い悪念……死んでいる人間ではありません、生霊ですね」

店長の確認の言葉に私は注意深く答えた。

「生霊ということは誰かがこの店に恨みを持っているということですか?」

「まあ、端的に言うとその可能性もあるでしょうね」

「となると他の競合店のどこかですね。うちが今このあたりで一番の人気店だから妬《ねた》んでるんですよ。先生、どこから来てるか教えてくださいよ、すぐシメに行ってきますんで」

「ちょ、ちょっと待ってください店長、話が性急すぎです」

今までうつむいて黙っていたヒナさんが熱くなる店長を制止し始めた。

「何言ってんだ、お前が最初に女が襲ってくるって言って、信用しなかったら怒ってたくせに」

「そ、そうですけど、このひとが私に憑りついてる女を本当に視えてるかも怪しいじゃない」

少女はどうもまだ半信半疑のようだ。

ヒナさんの不安については店長も一理あるというような雰囲気で納得しているようだった。

「じゃあ、ちょっとスケッチブックにでも私の後ろにいる女の人を描いてみてくれますか」

少女はどこか挑発的な感じがする。

「あなたも……視えているのですか？」

「当たり前でしょ、私冗談じゃなく霊感が強いんですから」

客相手ではないからかもしれないが、普通こういう接客業のお店の女の子はもっと陽気で愛想良い態度をとる人間が多いものと思っていた。

「かまいませんよ、依頼主に信用してもらうことも私の仕事のうちですから」

私はヒナさんと一緒にお互いの絵を見られないようにこの場にいる生霊の女性の姿を描く。

描きあがって見せ合うとその姿は全く同じ長い黒髪で学生服に身を包んだ女の子だった。

「うわっ、こわっ、本当に視えてるんだな！」

店長が私達の絵を見て驚きの声をあげる。

一方、煽《あお》り立てた少女はかすかに舌打ちをしたように見えた。

「でも、悔しいですけど、おじさんのほうがよく視えているみたい」

彼女の指摘の通り、私のほうが生霊のつけている眼鏡のフレームの形や学生服のタグまで細かく描いていたのだ。

この場にいる関係者が納得したところで店長はあらためて問いかけてくる。

「それで生霊がいることはわかりましたが、これからどう対処するんですか？」

「このまま生霊を持ち主に返してもいいんですが、かなりの悪念に育っているので、心身を壊してしまう恐れもありますしね」

「そんな甘いこと言わないでくださいよ、うちはこの生霊からそれなりの被害を受けてるのに！」

「そこなんですが、この生霊自体はどうも女学生のようです、そんな学生がなぜこのようなお店に現れるのでしょう？」

私の疑問に店長も明確な答えができないようだ。

「そ、それは確かに」

男性客やキャストの生霊であればまだこのお店への恨みや妬みが原因だと納得できそうだが、女学生の生霊というのは明らかに場違いな印象である。

「それにこの生霊はヒナさんになんらかの関係がある可能性もあると思うのですが、あなたはこの生霊に何か覚えはありませんか？」

「……いえ、ない、と思います」

十数秒かかって、ヒナさんはようやくそれだけを答えた。

しかし、私には何か隠していることか思い当たることがあるように感じ取れた。

「ちょっと、このお店のあなたのお部屋を見せてもらっても構いませんか？」

「えっ、構いませんけど、何をするんですか?」

「何か手がかりがあるかもしれませんので」

私はヒナさんがいつも使っている個室へと案内してもらった。

中は造花で彩られた柔らかい照明の部屋である。壁に置かれた棚には小物がいくつか置かれている。その棚に何かの違和感をもった私はじっくりと観察していく。

「これですね」

私は小物の中から一つの人形を手に取った。女の子用の赤い洋服を着たクマのぬいぐるみだった。

「えっ、これがなんなんですか?」

「巧妙に隠していますが、この人形に霊的な細工が施されています、おそらくこれがこの生霊を呼び寄せたのでしょう」

「生霊を……呼び寄せた?」

店長が訝しげに尋ねてくる。

「ヒナさん、この人形はどこから?」

「えっと、確か二週間ぐらい前に来たお客さんがくれたんです、こういうお店にはちょっと珍しいルックスのいいお兄さんだったからよく覚えています」

そこで私達はそのお客の入店したときの誓約書などを確認させてもらった。

誓約書には男性客の名前が書かれていた。

「まあ、一応控えておきますが、こんなことをするわけですからおそらく偽名でしょう、防犯カメラは？」

防犯カメラの映像には彼女の言った通り、およそ女性に困ることはなさそうな容姿端麗《たんれい》な男性が映っていた。その男は防犯カメラの荒い画質ではあったが、とりあえず私の心霊関係のネットワークの中に見覚えのある顔はない。

「じゃあ、こいつがうちの店に営業妨害をしたってことでいいんですね」

「……それはちょっと釈然としません」

「どうしてですか？」

「ただ単にこの店に嫌がらせをしようとしたのであれば、もっと直接的な呪物を置いていったはずです、生霊を呼び込むなんて回りくどいことをせずに……実際、引き寄せられたのは学生の生霊です」

「……それは確かに、じゃあ、素人の気まぐれということですか？」

「逆に素人の気まぐれというには、この人形の細工はあまりに見事です。むしろこういう呪いに精通した人間の試行錯誤の末の産物という印象すら受けます」

「……試行錯誤、つまり実験ということですか？」

「こういうお店なら、画像付きの女の子の日記が絶え間なく更新されますし、出勤状況からも色々と情報が読み取れます。依頼を受けたときに調べましたが、ヒナさんのお店のブログで自分の霊感が強いことも頻繁にネタとして綴っていますね。それで標的にされたのでしょう」

「なるほど、ふざけやがって」

「まあ、この男に関しては私も追跡してみましょう。来ないとは思いますが、もし再度来店したときはすぐに連絡をお願いします、私が対処しますので」

そこまで説明したのち、私はヒナさんに憑いている生霊をはがす作業に取りかかった。

「今回はちょうどいい細工がありますので、これを処分がてら使わせてもらいましょう」

私はあのクマの人形をヒナさんのほうに掲げてみる。

「橘さん、何を？」

「この人形の生霊を引き寄せる力を逆に利用して、ヒナさんに憑いた生霊を吸い取ってこの人形の中にそのまま閉じ込めます」

「そんなことができるんですか、すごいですね」

私はクマの人形の力を作動させてヒナさんに憑いている生霊を吸い取り始めた。

「うん？」

「どうしたんですか？」

「いえ、たいしたことではないんですが、普通それほど強くない霊を引きはがすときは、それこそよっぽどの執着がないかぎりはシールなどをはがすような感じでできるんですが、この生霊は密度が濃い」

「密度が濃い？」

「ええ、まるで揮発《きはつ》するかのようにゆっくりと蒸散されて吸い取られていきます。ここまで存在の強い生霊は珍しいですね」

慎重な作業で長い時間がかかったが、生霊のすべてを吸い終えると私は人形に封印をした。

「……あっ、身体の重さと頭痛が嘘みたいに消えた」

ヒナさんは自身の体調の変化を確認すると、なぜか憮然《ぶぜん》とした顔でお礼を言った。

「これでもう大丈夫でしょう。この人形はこちらで処分しておきますので」

私は店長といくつかの確認をして、店をあとにした。


店を出てから私は次に約束した相手のもとへと赴いていた。

「はい、確かに受け取ったわよ」

私が渡した仕事の報酬である封筒の中身の千円紙幣を確認したあと、その女性はすぐに立ち去ろうとする。

「どうですか、せっかくなのでこのあと食事でも」

「パス、間違ってもアンタなんかとは行きたくないわよ」

予想通りのそっけない返事をしてきた彼女に、私は続けて問いかけた。

「しかし、今回のことといい、あなたはやはり心霊案件に因縁があるようですね。あらためて心霊案件にもう少し関わるようになってみてはどうですか、興味はあるのでしょう?」

私の指摘に表情を変えずに彼女はしばらく何も答えない。彼女は認めたくはないようだが、その沈黙が心霊案件に興味があるということを暗に肯定しているのだ。

そのとき、私の携帯電話に着信が入る。着信画面には「ヒナ」と表示されていた。ヒナと言えば、先ほどのお店にいた女の子の名前と同じだが、彼女と連絡先を交換した覚えはない。

怪訝に思いながらも電話に出てみると、やはり先ほどの店の少女からだった。

「おじさん、さっきはありがとうございました、お礼にご飯でも食べに行きませんか?」

「なぜ、私の携帯に?」

「ふふ、さっき隙《すき》を見て登録させてもらいました」

してやったりといった口調での誘いだったが、ちょうど私のほうも彼女に確認したいことがあったので、むしろこの申し出は好都合と思った。

私は食事の約束を了解し、自分が今いる場所を待ち合わせのために教えた。

「何よ今の、若い女の子みたいだったけど?」

どうも何かと私を警戒しているためか、彼女は電話相手のヒナさんのことが気になったようだった。近くにいたのかすぐに合流したヒナさんに彼女は注意する。

「ちょっとあなた、こんな怪しい奴に近づいたら変なことされるわよ、心霊のことで困ったことがあるんだったら、私が相談に乗るわよ」

「えっ、いや、お姉さん突然なんなんですか、おじさんの彼女ですか?」

「はっ、彼女、そんなわけないでしょ、失礼しちゃうわね」

「私はこのおじさんに用があるんです」

ヒナさんが強気に拒絶の表情を見せたからか、彼女はこれ以上無理強いすることはあきらめたようだった。

「あっそう、じゃあ、私はもう用事済んだからあとは二人でごゆっくり」

そう捨て台詞を口にすると彼女は帰っていった。

「今のお姉さん、なんなんですか?」

よほど性に合わなかったのか、明らかな不快感をもってヒナさんは吐き捨てる。

「私と同じ強い霊感をもっている女性ですよ、本業は他にあるのですが時々心霊案件も解決しています。しかし、その高い能力とは裏腹に彼女はそのことに複雑な思いを抱いているようですから皮肉なものです」

「へえ、あの人がすごい霊能力者なんだ」

「ええ、この業界では本人が思っている以上に有名人です」

「でも、私なんだかあのお姉さん嫌いだなあ、自分の恵まれた能力と境遇に不満があるなんて」

何気ない言葉だったが、その表情には何かどす黒い感情が秘められているような気がした。


彼女と再会した私は行きつけの店の一つである創作海鮮料理店に連れて行った。

テーブルはすべて個室になっていて人に聞かれたくない内緒の話をするのにも便利な店だ。

「私はハンバーガーとかのほうがよかったな」

「ここの料理はハンバーガーよりおいしいですよ」

「ふ〜ん、じゃあ、おじさんのおすすめお願いしようかな」

彼女に促されるままに私は海鮮雑炊と根菜の味噌汁をオーダーする。

運ばれてきた料理を見て彼女はため息をついた。

「折角高そうなお店なのに、こんな田舎臭い料理なんて」

「今のあなたは憑りつかれていたあとで弱っていますから、あまり重たいものは身体が受け付けませんよ」

「ふー、これだからおじさんは……栄養なんてタブレットでいくらでも取れるじゃない。お腹を満たすだけだったら、ハンバーガーとかストレスの少ないもので十分でしょ。空腹を紛《まぎ》らわすだけなら一緒なんだし」

少々呆れたようなまなざしを向けて、ヒナさんは料理に口を付けた。

しばらくの間は黙々と食べていたが、何かに気づいたように呟く。

「えっ、おいしい。なんで……こんななんの変哲もない料理なのに、身体に染み込んでいくみたい」

「人の身体も生きていますから、弱っているときは足らない栄養が吸収されると心地よく感じるものですよ」

「ふ～ん、こんなの初めて。さすが年の功かな」

そのまま、私とヒナさんはしばらくの間、沈黙を保って佇んでいたが、私のほうから口を開いた。

「ところで、なぜ私と会おうと思ったのですか？」

「ふふ、だから、さっきのお礼だってば」

味噌汁の野菜を口に運びながら、ヒナさんは微笑みながら答える。

「何か、私に確認したいことがあるんじゃないですか？」

「確認したいこと？」

「例えばあの人形のことや生霊のことなど」

「だから、あの人形はお客さんがくれたもので、生霊は人形に引き寄せられてきたんでしょ」

「その人形ですが、あなたは渡されたとき、もしかしてこんなことを言われていませんか？」

「え〜、どんなこと？」

「この人形に不満に思っていることをぶつけると気分が楽になるようなことを」

私の言葉にそれまで余裕を見せていたヒナさんの表情が曇る。

「……当たりですか？」

「どうして、そんなことがわかるの？」

「あの場では本当のことを言いませんでしたが、あの人形は念を引き寄せる呪物ではなく、念を吸収して呪いに差し向けるものでした」

食べかけの料理に目を落としたまま、ヒナさんは囁くように語りだす。

「うん、あの人形をくれたお兄さんは言ったんだ、この人形に恨みに思うことを話すとスッキリするよって」

「なるほど」

「からかわれたと思ったんだけど、試しにやってみると本当に気持ちが軽くなったんだよね」

「それで店長と他のキャストの女性を」

「う〜ん、恨んでるというか、むかついたレベルだけどね、連休中に忙しいからって無理なシフト組まれたり、私より予約が多いのが羨ましかったり……。でも、どうしてそれをあのとき言わなかったの？」

「あなたが店長と先輩に恨みの念を飛ばしましたよ、と正直に話したほうが良かったですか？」

「あはは、よくない。優しいんだね、おじさん」

目の前の料理に再び手を付けながら、ヒナさんは付け加えた。

「さっきはおじさん、あの人形の真相を確かめたくて誘ったみたいに言ってたけど、本当におじさんのこと、ちょっと気に入っちゃったのかも。ねえ、おじさん家族はいるの？」

「……いえ、今は一人ですが」

「じゃあ、私一緒に暮らしてもいいかなあ……今はお店の寮に住んでるんだけど、私家族はみんな死んじゃって天涯孤独だから」

「……それは私に対する告白とでも言いたいのですか？」

「ああ、ううん、恋人じゃないよ、家族だよ。えっとお父さん……が気に入らなかったらお兄さんでもいいよ」

「……家族を作りたいのですか？」

「う〜ん、そう、かな」

「それならば私などではなく、もっと年の近い恋人でいいじゃないですか」

「はは、そこはね……こんな仕事をしてる汚れた私なんかが恋人を作る資格なんてないんだ」

「恋人の資格？」

「……バカみたいなこだわりで呆れちゃうでしょ」

「いえ、全く思いませんよ。なるほど、あの生霊の姿のことがわかったような気がします」

「あの生霊って、学生の生霊のこと?」

私はヒナさんにもっとも確認したかったことの一つを尋ねてみた。

「あの生霊は……あなた自身ですね、見かけと雰囲気はずいぶん違っていましたが」

ヒナさんの表情は変わらない。

「なあんだ、やっぱりおじさんは気がついてたんだ、そう学生時代の私」

「しかし、あなたの生霊はあなた自身にも襲いかかった」

「そうなんだよね、なんでだろ、やっぱり呪いって自分にも返ってくるんだね」

「というより、あなたが一番許せなかったのは今の自分自身ではないのでしょうか?」

「どういうこと、おじさん、もういいよそんなこと、ねえ、どうせおじさんもこんな心霊事件屋なんてインチキ臭い仕事してるんじゃお金もそんなにないんでしょ、私がおじさんの分も稼いであげるから、一緒に暮らそうよ」

かなり辛辣《しんらつ》な言いようだが、彼女の心配げな表情から本当に気を遣われているようだった。

「いえ、それには及びません、白戸《しらと》、繭《まゆ》さん」

私の告げた名前に一瞬遅れて、静かな絶叫が響く。

「……えっ、なんで!」

「白戸繭、H県H市生まれ、十九歳、母子家庭で育ちながらも成績優秀で高校では生徒会委員も務め、返済不要の奨学金も市から受けていた。しかし高校二年のとき、母親が過労により急死、その影響で成績はがた落ち、高校卒業と同時に風俗で働き始め今に至る」

「……どうして、そんなことまで」

「言ったでしょう、あなたと私では住む世界が違うと、この仕事を受けた時点で事案の解決の糸口になることもあると思い、相談者であるあなたの情報は調べておきました」

緊迫した表情が繭さんに浮かび上がる。

「……そうよ、あの地味な女は私自身よ」

抑揚の乏しい声だった。

「正直、自分の体で稼ぐことができるようになる高校卒業が楽しみでしょうがなかった」

いや、むしろ込められた感情が強すぎて、彼女の声から抑揚を奪っているようにも聞こえる。

「髪型と服装を可愛く変えて、髪は明るい色に、眼鏡はコンタクトに、歯並びも矯正、たるんだ身体も引き締めた、風俗で稼げるように」

繭さんの口調には殺気すら込められているように感じる。

「だから、私があなたを殺してあげようとしたんじゃない」

突然、室内に響く初めて聞く声——いや、初めてではない。

目の前の繭さんと全く同じ声。

「だ、だれよ！」

藺さんが叫ぶ。返答の代わりにテーブルの上の人形から黒い圧力が発せられた。

クマの人形がはじけるように浮かび上がり、中から噴き出すように長い物体が現れ、藺さんの身体を抑え込むように巻き付いていった。

黒髪の少女、それも同じ造形の顔をした——いや同じなのは顔だけで、首から下は蛇のように伸び、まるで体のないろくろ首のようだ。そして、私を向いて、黒髪の少女が口を開いた。

「初めまして、私が白戸藺です」

藺と名乗った少女はにっこりと微笑む。

「あ、あなた、だれ?」

黒髪の少女に押さえ込まれた藺さんが呆けたように呟く。

「あら、聞こえなかったの、じゃあ改めて自己紹介するわね。私の名前は白戸藺、この身体の本当の持ち主よ」

黒髪の少女の自己紹介が終わっても、藺さんは状況が理解できないようだった。

「じゃ、じゃあ、わたしは、わたしはなによ!」

黒髪の少女の言葉にうろたえた藺さんは絶叫する。

その瞳にありありと動揺の色を浮かべて身体を硬直させていた。

「あなたが本物の藺さんなら、この娘はいったい誰なんですか?」

私はもう一度同じ質問を投げかけた。

「あら、そんなこともわからないの、私の身体に産まれた単なる偽物、本物の藺は私」

「……なに、なんなの、私は偽物なの？」

藺さんは黒髪の少女の言葉を受けて、か細い声で言葉を発した。

「そうよ、散々汚らわしい真似をして、自尊心も体裁も何もかも捨ててしまった！」

黒髪の少女は怒号とともに藺さんを突き飛ばした。

「お前は私を意識の奥に閉じ込めた……私は希望のある未来を望んだ、洋々たる人生を願った、それなのに、それなのに……」

黒髪の少女の口調はだんだん激しくなり、長い蛇のような体は沸騰しているかのように波打ち震え始めた。

「すべてを台無しにしたのはあなたじゃない！」

黒髪の少女の体は黒い渦となって再び藺さんに巻き付いた。

容赦のない糾弾は藺さんの心を射抜いたのか、彼女は目を大きく見開いたまま震えていた。

「ふう、だまされてはいけませんよ、藺さん」

私は藺さんに微笑みかけ、そしてゆっくりと黒髪の少女の顔を指さした。

「あなたのほうが偽物の悪念ですよ」

黒髪の少女は苦笑した。

「は、何を言っているのかしら？」

彼女は私の言葉を気にかける様子はない。

いくら強いと言っても、ただの念の塊が意思を持ち、妖怪とまで呼ばれるような存在になるには大いに年月が必要になる。しかし、彼女の生霊は短期間でここまで霊格が昇華している、そのことは素直に驚きだった。

しかし、所詮意思をもとうとそれは熱を持った人の魂ではないのだ。

「人が生きていくうえで絶対の正しさなんてありません。困難な状況に直面して、それでもと人はそのときの最善の方法を考え続けているんです」

私の言葉に今度は少女の表情がこわばる。

「私は結果として地べたを這うことになってもそんな風に考え続けている人間が好きです。過去の声望にすがり続けて思考が石のように固まってしまったあなたにはわからないでしょうが」

久しぶりに感情を言葉にしている、自分自身でもそう感じていた。

「な、なにが考え続けるよ、しょせん偽物に何ができるのよ、やってみなさいよ！」

そう言い放つと黒髪の少女の像が揺らめき、激しく渦を巻き始めた。

「こいつがお前の言うような人間でも、すぐに私が追い出してあげるわよ」

渦が繭さんを襲う。

しかし、私は右手で黒髪の少女の頭を掴むと、力ずくで繭さんの身体から引きはがした。

「たかが未練の塊が粋《いき》がるんじゃないですよ、ただ私を侮《あなど》ってくれたことだけは繭さんと同じでよかったですがね」

片手で引きはがされたことが信じられないといった面持ちで黒髪の少女は狼狽している。

強引にやるともともとの宿主である繭さんの精神に悪影響を及ぼす恐れもあったが、私はもう一度、クマの人形の中に少女の悪念を叩き込んだ。

「いや、この私がこんなところで！」

空間がとどろくような振動に言葉はかき消された。

黒い圧力がようやく止まり、テーブルの上にはクマの人形だけが転がっていた。

「あの、助けてくれてありがとうございました」

「別にこれも依頼の一環ですから」

私達は店を出て、深夜の道を歩いていた。

「あの、私の……その、悪念はどうなるんですか？」

「まあ、この人形に今度こそ厳重に封印していますが、このままにするわけにもいきませんから、ゆっくりと時間をかけて浄念することにしますよ」

私の説明に繭さんは頷いた。

そして、次の瞬間、彼女は私の身体を強く抱きしめていた。

「おじさん、一緒に居させてよ、私おじさんが好きな料理もがんばってつくるし、いくらでも尽くしてあげる」

「先ほども説明しましたが、私自身こういう裏の世界に関わっている限り、明日にも死んでしまうかもしれない身です。そして私が死んだとしても誰も傷つかないし、悲しまない、そんな昏く、深い世界です」

「し、死ぬって、大げさだよ」

物騒な言葉に声がうわずりながらも、彼女は悠然とした態度で接しようと努めているようだ。

「私は……自分の闇への好奇心のために家族を二人殺している」

すがりつく少女に対して私は冷然と言い放った。

私の告白を受けて、繭さんの身体と表情が固まる。

「だから、あなたが家族というものに固執《こしつ》しようとしても……」

私はもうこれ以上気遣うそぶりは見せず、無視して彼女の腕をゆっくりと振りほどいた。

「私には家族を作る資格がないんだ」

「……おじさん」

彼女に背を向けて去っていく私になおも叫ぶ声が聞こえてきた。

「それでも、おじさんが死んで……それを悲しむ人が一人ぐらいいてもいいじゃない！」

弱々しい嘆きが私の胸ほどの位置から、最後には地面へと沈んでいく。

彼女が恋人をもつ資格がないと考えているように、私にも家族をもつ資格はない。

私は考えなく自分の欲望に従って家族を犠牲にしてしまった。

だから……私はこれからも一人で探究する。

エピソード⑯

執着せし雛姫

就職一年目の三月に起こった出来事だ。

その日、僕は取引先で起こったトラブルに対処していた。

あらかた片付けが終わったとき、教育係の黒川さんが話しかけてきた。

「うん、だいぶできるようになってきたじゃない」

彼女は優しい声で笑う。その言葉一つに僕の体中の血がかっと熱くなるのを感じてしまう。

そして、彼女は真剣な眼差しで付け足した。

「よし、今度新規の取引があったら、アンタ一人でやってみなさい」

黒川さんの提案に僕は珍しく褒《ほ》めてくれていると嬉しくなった。

「もう、教育係としての私の役目も終わりだから、これからは一人でちゃんとやっていくのよ」

「えっ、一人でって？」

「なに変な顔してるのよ、当たり前でしょ、私が教育係をするのもこの三月で終わりじゃない」

彼女の言っていることに何も間違いはない。就職して一年、ようやく僕は一人前の社会人として彼女に認めてもらえたのだ。僕は笑って頷いた。

喜ばしいことだが、一つだけ引っかかることがあった。彼女が先日、僕に向かって告げた一言だ。

『アンタはこちら側の世界に馴染みすぎている、それはとても危ないことだと思う』

あの言葉は、僕が彼女とあえて一定の距離を作らなければならないと言っているようにも聞こえてしまった。

「心配しなくても、同じ会社なんだし、四月に異動で別の支店にでも飛ばされない限りこれからも一緒の職場でしょ」

確かにその通りだが、釈然としないものは残っていたのだ。


それから一週間後、さっそく新規の商談が舞い込んできた。ある大手スーパーとの取引だ。

一人で当たる約束だったが、流石に相手が大きすぎるので黒川さんも取引開始の会談には付いてくることになった。

「本当にやばそうになったらフォローしてあげるから、とりあえず一人でやってみなさい」

会談はスーパーの事務所の会議室で行われたが、その場にはうち以外にもう一社呼ばれていた。

内容はうちの取引と同じだが、扱い量が多い契約なのでうちだけではなく同業をもう一社入れているようだった。

「今回はお互いに競い合うわけではないですから、一緒に頑張りましょう」

そう言って声をかけてきたのは、うちと一緒に今回の商談に入った会社の担当者だった。

そのとき彼が名刺を差し出してきたので、僕達も名刺を出して挨拶する。

相手からいただいた名刺は顔写真の記されているタイプの名刺だ。

司村《しむら》さんというらしい。笑顔が素敵な良い感じのイケメンだった。

商談が始まると、黒川さんはおもむろにカバンから眼鏡を取り出して顔にかけた。

何気ないその行動に僕は血の気が引いてしまった。

目の悪くない黒川さんが眼鏡をかけるのは、あることへのサインを表しているのだ。

近く、ないしはその場に、洒落にならないぐらい危険な霊的存在がいて、その霊に自分が視えていることを視線から悟られないためにする行為だった。

つまり今、この会議室の中にそんな予断を許さない霊がいるのだろうか。

僕はそのことに気がつきながらも、もし本当にそんな霊的存在がここにいるのなら僕自身も挙動不審になってはいけないと思い、気にしないように商談を続ける。

しかし、一つ気になったのは強い悪霊などが近くにいた場合、いつも僕はその雰囲気を感じとるのだが、今回はそのような気持ち悪い気配は感じることがない。

訝しく思いながらもなんとか無事商談を終え、僕達は会議室をあとにした。


帰りの車を発進させたとき、僕はすぐに先ほどの商談の中でのことを尋ねてみた。

「あの、もしかしてあそこに何かいたんでしょうか?」

僕の問いかけを聞いて、黒川さんは少し驚いたような表情を見せた。

「アンタも視えてたの?」

僕は正直に何も視えていなかったと答える。

代わりに僕が眼鏡をかけるしぐさを見せると彼女も理解したようだった。

「……ああ、眼鏡のせいか。いたよ、すっごいのが。たぶんあの司村に憑いてたんじゃないかなあ」

「どんなのが憑いてたんですか？」

「若い女よ、白い着物みたいな服を着て」

「恐ろしい妖怪みたいな感じですか？」

「いや、風貌だけは鼻筋のスッキリ通った白い顔の姫みたいな女だった、あれは憑りついているのか、守護霊《しゅごれい》なのか、よくわからなかったけど、とにかくすごい霊格だったよ」

「……でも、僕は見るどころか、何も感じることができなかったんですけど」

「ああそれはね、たまにいるのよ。すごい霊格を持っていても、自分の気を抑え込んだり、平易な気に変質させたりして周りに気づかせないようにしているやつが」

「……そんなのが憑いてるなんて、良い悪いはともかくとして司村さんは何かしたんでしょうか？」

「う〜ん、彼の家に因縁のある何かかもね」

「えっ、彼の家？」

「おや、アンタ知らないの？」

知らなかったので再び尋ねると、彼女は司村さんのことを教えてくれた。

彼はこのあたりで最大手の、スーパーチェーンの創業者一族であるそうだ。

司村家の事業はもともとスーパー業から始まったのだが、今では食品加工やホテル、レジャー施設にも手を拡げている、県内で最も大きな事業主の一つといえるほどらしい。

しかし、その大資産家一族の彼が関連企業の一社員で働いているのは、どうも能力的に暗愚で、本人も自覚しているから迷惑をかけないように経営には携わっていない、ともっぱらの噂であることまで彼女は教えてくれた。

「まあ、黙って立ってるだけならなかなかのイケメンであることには間違いないしなあ」

そういう家の事情であれば、テレビドラマのようななんらかの因縁があっても確かに不思議ではないかもしれない。


司村さんから電話がかかってきたのは僕が事務所に帰って、自分の席に戻ってきたときだった。

先ほどの取引のことと思い、すぐに電話に出てみると彼の声は先ほどの人の良さそうな明るい声とは打って変わって何か焦《あせ》っているような雰囲気だ。

司村さんは突然の電話をまず謝罪し、今から自分が言うことはおかしなことに聞こえるかもしれないが、本当のことなのでちゃんと聞いてほしいと懇願してきた。

彼の物言いに僕は身体が固まるのを感じてしまった。

「……雛姫《ひなひめ》が、あなた達のところに向かった」

ゆっくりと甲高《かんだか》い声で発せられた言葉はなんとも異様だった。

「雛姫……なんのことです?」

「私に憑りついている……守護霊のようなものといえば、少しわかっていただけるでしょうか?」

守護霊のような存在――それは黒川さんが言っていたものと同じだった。

「司村さん、あなたも彼女の存在に気がついていたんですか?」

僕の問いかけに司村さんも驚いたような声をあげる。

「……君達も視えていたのか？」

「ええ、まあ、視えていたというか」

「それなら話が早い、早く逃げてくれ。彼女の力はどんどん強くなっていて、ついに私に害をなすと判断した人間を殺そうとし始めた。私は常に彼女に監視されていて、こうして彼女が人を襲いに行った今しか連絡することもできない」

「害をなす人間って、僕達は別に今回の商談で競合しているわけではありませんよね」

「そうだが、彼女はあなた達がいなくなったら、さらに私のポイントとなるのかと感じたのかもしれない」

「それなら、その彼女にそれを説明してくださいよ」

「だめだ、最初は私の言うことを聞いてくれていたけど、力が増した彼女はもう聞く耳をもたなくなっているんだ」

黒川さんから聞いた通りの彼のダメっぷりに文句を言おうとした、そのときだった。

「み・つ・け・た」

それは蜜のように甘く、氷のように冷たい声で僕の耳に響く。

何かとてつもないものが後ろにいる、僕はすぐに黒川さんのところへ向かおうとした。

しかし、そのとき、僕の心を昏い想いが覆ったのだ。

死なないと。なぜだか突然そう感じてしまった。

うめき声一つ立てることができないまま、短い痙攣《けいれん》とともに身体がこわばった。

もちろん理性では、自分に死ななければならない理由など何もないことがわかっている。

しかし、まるで睡眠への欲求のように、自殺への衝動にあらがえない。

僕はそのままふらふらと会社の屋上に向かって歩き始めた。

誰かに助けを求めようとしたが、声が出ない。精神的な余裕はどんどん失われていく。

そうして、僕はほどなくして屋上に到達した。

もうそのときには体中に冷たい汗を浮かべ、声が出せないまま恐怖で泣きじゃくっていた。

このまま進んで落ちれば、下のコンクリートに打ち付けられて死んでしまう。

頭の中では、すぐにやめなければと思うのだが、死にたい欲求のほうがそれを上回る。

そして、屋上をゆっくりと進んで行き、ついに建屋の端まで来てしまった。

耳元で女の声がする。

「さあ、死になさい」

吹き付けられた黒い風から甘い声が囁いたとき、女は僕の肩に手をかけて、薄笑いを浮かべながら僕の顔を覗き込んだ。白く美しい顔に、まるで初めて僕の姿を認めたような表情が加わった。

この女性が司村さんの言っていた雛姫かと感じはしていたが、震える身体は言うことを聞かず、雛姫から目を離すこともできない。

「終わりよ、さようなら」

下に飛び込もうとしたそのとき、白衣の美女はゆっくりと視線を横に動かした。

「アンタ、何やってんの！」

僕の身体を黒川さんが後ろから羽交い絞めにする。

そしてそのまま彼女は僕の身体を屋上の端から中に放り投げると右手で印を結んだ。

思わず涙を流しながら、安堵感に笑い声をあげてしまいそうだった。

僕はこのときほど、彼女がそばにいてくれてよかったと感じたことはなかった。

「罪を解せぬ愚かな邪霊よ、我が契約せし力によりて、凶障を妨げ、災禍を除き給え！」

次の瞬間、黒川さんの右手から電光のように衝撃が発せられ、雛姫の身体が硬直した。

そして、一瞬無表情になったかと思うと満面の笑みになった。

こんな気持ち悪い笑顔は今までの人生で見たことがないほどだ。

「司村の奴に憑りついていて正解だったわね、ようやくお前を見つけたぞ、黒川瑞季」

そう囁くと雛姫はふわりと浮かび上がり、夕闇の中にすっと消えていった。

高鳴る胸を押さえ、僕はわなわな震えながら、黒川さんを見た。

「悪い、気づくのが遅れた」

「あの女の人が……」

僕は確認するが、どうやらあの女が先ほど黒川さんが見た危険な霊、そして司村さんが逃げろと言った雛姫で間違いないようだった。

彼女は僕の手を引っ張って立ち上がらせると、すぐにここから移動するように言った。

終業前だったが、黒川さんが課長に携帯で連絡を入れて彼女の車で会社を出ることにした。

「何をされたの?」

車を発進させたあと、少し状況が落ち着いたと判断したのか、ようやく彼女は僕に対して状況を尋ねてきた。僕はあらためて何が起こったのか回想してみたが、上手く説明できなかった。

「僕は憑りつかれていたんでしょうか、急に……死にたくなって……」

「死にたくなった?」

「はい……うまく表現できないんですが、頭の中では死ぬ理由なんて何もないとわかっているのに……死にたいとしか考えられなかったんです」

黒川さんは僕の説明を聞いて、何か考えている。

「普通、悪霊なんかの不浄な存在に憑りつかれると、気分や機嫌が悪くなったりするんだけど……死にたいと思うようになったってことはそういう念を意図的に作り出しているのかもしれない」

「……どういうことですか?」

「アンタ、霊を感じることはできる体質だったわよね」

「……はい」

「心霊スポットとか行ったりしたときに気持ちが悪くなるような雰囲気が漂ってるじゃない」

「……なんとなくわかります」

「それに勉強や仕事、人間関係や身近な人との別れなんかで強烈なストレスに襲われている人は、とにかく強い自殺衝動に駆られることがあると思うんだけど、そういう人間からも良くない念や気が発せられてるわけ」

そこまで解説されて、僕は黒川さんの言いたいことが少しわかるような気がした。

「アンタを襲ったあの女……雛姫はそういう悪い気を自分で増幅して作り出しているのかも。だから憑りついたときにより大きな影響を与えることができる」

「……そんなことが？」

「できると考えると、反対に自分の存在を視えない人からはわかりにくくするのにも長けていることもしっくりくるわ」

彼女は説明をさらに続けた。

「でも、そんなことよりもっとやばいことがあるわね」

今言ったことでも十分恐ろしいと思っていたのに、まだなにかあるのだろうか。

「あの女、いきなりアンタを殺そうとしたのよ」

そう言われて僕は、はっとした。

そうだ、僕は今殺されそうになっていたのだ。あらためて恐怖が思い起こされてぞっとする。

「問答も何もなしよ、どう考えても頭が切れてるでしょう！」

話し合いが通じない相手に襲われている状況とわかり、さらに絶望的になる。

「いつかはこんなときが来るとは思ってたけど……」

不意に彼女は冷や汗を浮かべた表情で呟いた。

「雛姫の狙いはたぶん私ね、司村のところで私の情報を掴んだのかしら……」

「えっ、どういうことですか？」

「詳しくは思い出せないのだけど、あの女の顔には見覚えがあるのよ、だから以前どこかで関わっているはず」

確かに雛姫は黒川さんを見つけたと叫んでいた、それは雛姫が彼女と何か関係があることを示唆していた。黒川さんは携帯電話でどこかに電話をかけ始める。

「……先生、ご無沙汰しています、黒川です」

彼女は先生と呼ぶ人物へと今回の事態について説明を始めているようだ。

「はい、そうです。過去に私が関わった案件で、ここ最近何か動きがなかったかを調べてほしいんです」

彼女が先生と呼ぶ相手は、教師や師匠という意味ではなく、政治家や弁護士などの地位のある人物のような雰囲気が彼女の口調から感じられた。

「それと……以前のお話、この事件が終わったあと、正式に受けさせていただこうと思います」

先生と呼ぶ人物に雛姫のことを調べてもらう話と併せて彼女は何かの打診を快諾するようなそぶりを見せた。

「何を話していたんですか、先生って？」

「あれは……雛姫は私が呼び寄せてしまった本物の災厄よ」

「えっ？」

「だから、私の関係者に害を及ぼしてはいけないから、私は仕事を辞めて先生のところでお世話になる。ちょうどいいタイミングだったわ」

「何言ってるんですか、仕事を辞めるって、僕達の前から消えるってことですか？」

「……そうよ」

ふざけて言っているとは到底思えない、僕はついさっき雛姫に殺されそうになったのだ。

雛姫の存在と彼女にいったいどんなつながりがあるのかはわからないが、生半可な反論や引き留めは叶わないことだけは伝わってくる。

「大丈夫よ、あの女……雛姫のことは責任をもって片付けていくから……でも、それが最後よ」

それでも僕は瑞季さんと別れたくない、そんな気持ちを言葉にしたかったのだが、どういう風に言葉にしても空虚に響く場面しか思い浮かばず、黙っていることしかできなかった。

そんな僕の焦りを感じ取ってくれたのか、彼女は優しく微笑んだ。

「ありがとう。短い間だったけど、アンタと過ごしたこの一年は楽しかったわよ」

おそらく僕はこのときまだ納得はしていなかったが、瑞季さんにそう言われてようやく頷くことしかできなかった。

「それで……僕達はどこに向かっているんですか？」

「真央姉の神社。あそこの神域なら邪《よこしま》な霊的存在は入ることができないから」

「……な、なるほど」

真央さんとは、僕達が懇意《こんい》にしている神社の娘さんで彼女自身も強い霊能力者だ。

以前、神社などの神域にはいわゆる悪霊のような存在が入ってこれないと聞いたことがあった。

「その前にちょっと着替えだけ、ちょうど通り道だから私の家に取りに行くから」

「えっ、黒川さんの……着替え?」

「なによ、男一人預けるのに、真央姉に面倒見させるわけにはいかないでしょう」

つまり、僕が神社に避難している間は彼女がそばにいて警護してくれるらしい。

恐怖と緊張で張りつめていた意識の中、ようやく安心感が湧き起こってくる。

「彼女、雛姫について、司村さんに詳しく聞いたほうがいいでしょうか?」

なんにしても、僕達はあの雛姫についての情報が何もない。

「いや、今はまだやめときましょう、まずはアンタの安全を確保することが先だし、彼の近くに当の雛姫がいた場合は何が起こるかわかったもんじゃないから……」

確かに僕達から離れた雛姫が司村さんのところに戻っていては、こちらから彼に連絡を取るのは双方にとって危険な感じがする。

そもそも、彼は雛姫がいなくなったのを見計らって僕に危険を教えたわけなのだ。

ほどなくして、彼女の家に着くと黒川さんは車から降りる。そして、僕をじっと見つめてうなった。

「うーん、変な誤解されても嫌だから、あんまり連れていきたくないんだけど、一人にすると危ないもんなあ」

どうやら僕を家の中に入れて、家族に見られることを躊躇しているようだ。

「……今は誰かいるんですか?」

「両親はまだ仕事から帰ってないかもしれないけど、確か美弥は昨晩夜勤だったから今はいるはず」

妹の美弥さんは何度か会って話をしたことがある。

二人で家の中に入ると彼女は二階の自分の部屋へと向かう。

「……部屋の外で静かに待ってなさい」

そう言いながら、階段を上っていると二階のほうからかすかなうめき声が聞こえてきた。

「ぐうっ、ううっ」

聞き間違いではない、苦しげだがはっきりとした声だ。

「いやだ、いやだよう」

かすれたような声だったが、その声には聞き覚えがあった。

「死にたくないよう、お姉ちゃん、助けて」

声の主がわかったからか、瑞季さんは二階への階段を駆け上がった。

そこには部屋の外のドアノブにひもをかけてゆっくりと首を吊っている美弥さんがいた。

そしてドアの向こうには、あの雛姫が見えた。

「美弥！」

危機が迫る妹の姿を見て瑞季さんは反射的に叫んだ。

雛姫は抗《あらが》う美弥さんを子猫でも扱うように弄《もてあそ》びながら、歯をむいて笑っている。その残忍な表情に背筋に冷たいものが走る。

瑞季さんは両手ですばやく雛姫に向かって印を組む。

「あはは、あと少しだった、次はだれが狙われるかなあ」

そう言い放つと雛姫は部屋の後ろの壁に吸い込まれるように消えていく。

「待ちなさいよ、この外道！」

真っ向から雛姫の消えた方向を睨み据えると、斬りつけるように叫ぶ。

雛姫の哄笑《こうしょう》に応えるように発せられた呪詛《じゅそ》のような咆哮《ほうこう》、僕が初めて見た彼女の狂ったように取り乱した姿だった。いつも落ち着いて、強くて、優美な彼女。それが……こんなに。

僕はまだ美弥さんの自殺衝動が治まっていないことを危ぶみ、申し訳ないと思ったが少々強引に両手を脇に差し入れて身動きが取れないように締め上げた。

「大丈夫ですか、ちょっとだけ我慢してくださいね、気分が落ち着いたら言ってください」

ほどなくして美弥さんからもう大丈夫ですと告げられたので、警戒しながらもゆっくりと美弥さんの身体を支えながら、首にかかったひもを外した。

彼女は解放された途端、首に手を当てて激しくせき込んだ。

「……怒らせたな」

怒気で赤く染まった瑞季さんの顔はぞっとするような表情。

「……本当に怒らせたな」

怒りが激しすぎて絶叫にならない。気の塊が開いた唇から漏れたような声だった。

思わずこの場から逃げ出したくなるような迫力だ。

「司村がどうなろうと知ったことか、あいつのところに行って雛姫のことを問い詰めてやる！」

「でも、瑞季さん、司村さんのところに行っても、何かできるんでしょうか。彼もある意味、雛姫の被害者かもしれないのに」

「知るか、もうこれ以上、家族を狙われてたまるか！」

「何が起こってるの、お姉ちゃん」

かすれながらも穏やかな声が、瑞季さんの怒声と僕のなだめる声をさえぎる。

瑞季さんは美弥さんの回復を待つ間、今の状況を説明した。すると美弥さんは驚くべきことを口にする。

「今の……私を襲った……雛姫？」

何かを思い起こしながらなのか、彼女はゆっくりと言葉を紡ぎ始めた。

「私、あの女の人、たぶん病院で見たかもしれない」

「病院？」

瞳に困惑したような光をたたえて、瑞季さんは妹を見つめた。

「美弥、どういうこと？」

「……私の部署の患者じゃないんだけど、昏睡《こんすい》状態でいるあのひとを病室で見たと思う」

「……なんで、担当じゃないそんな患者の顔を覚えてるの？」

「だって、その女の人、すごく悪い気を発してるせいか、病室の外にまでそれが漏れ出てたんだもの……嫌でも確認しちゃうよ」

彼女が言うには雛姫とよく似た昏睡状態の患者の身体から、まるで心霊スポットのような穢れた雰囲気が漏れ出していたというのだ。

「……昏睡状態の患者、それにしてもあの雛姫が……人間の生み出したものなの？」

そこまで確認すると、まだ少し納得のいっていない瑞季さんと三人で車に乗り込んだ。

「瑞季さん、とりあえずその雛姫とよく似ている女の人のところに行くんですか？」

「そうね……雛姫の放った生霊だとすると、なるほどよく考えられているわ」

「どういうことですか？」

「その雛姫の本体である人間が相手を害する生霊を放ったときに、本体側の意識が失われるのなら、病院は安全面でも不慮の体調悪化にも対処できるでしょう」

「ああ、なるほど、生身の本体のほうは病院内では襲われにくいですよね」

「でも、それを差し引いたとしてもこんな強力な生霊が存在するなんて……」

張りつめた呼吸の中で彼女は一つの単語を発した。

「……超越者」

瑞季さんは険しい表情で呟く。

「超越者……なんですか、それは？」

「さっき言ったわよね、雛姫はいきなりアンタを殺そうとした狂った奴だって」

困惑したような視線が僕に向けられる。

「それにはもう一つ意味があって、普通人を呪い殺すということは本来とても割に合わない行為なのよ。人を呪わば穴二つなんて言葉が意味するように、人を呪い殺すほどの霊的な力は自分の命を絞り尽くしてようやく出せるものなのよ」

彼女の声には恐怖の響きがある。

「えっちゃんのときだってそう、もしあのとき呪った相手を殺していたらその生霊は悪念として返り、えっちゃんも命に関わる影響を受けていたはず。そこまでして放った呪いが返されてしまうとただの無駄死になる。だからこそ憎悪と怨念が溢れるこの世の中で呪殺という外法は表舞台に出てこないの」

淡々と語ってきた中、一瞬だけ静寂が訪れた。そして……。

「そんなこの世の理の外に存在する超越者……歴史の中で神と評されるような呪術師が雛姫の本体だとしたら私ではとても対処できない。返り討ちにされるだけよ」

瑞季さんの顔に諦めたような微笑が浮かぶ。しかし、僕は慌てて言い返した。

「それでも、生身のほうを押さえれば、いいんじゃないんですか?」

「ばかね、最悪、生身の本体のほうを殺したとしても、呪いはより強い念となって襲いかかってくるかもしれない。そうなるともう手の打ちようがないわ。呪いに対処するときはね、呪いの主を殺したとしても、それで終わりじゃないのよ」

「あの、そのことなんですが、一ついいですか?」

僕は最初に雛姫に襲われたときから抱いていた疑問をおそるおそる説明し始めた。

「彼女が僕や美弥さんを殺そうとしたのは確かかもしれないんですが、何か腑に落ちない違和感があるんです」

「違和感？」

「僕は瑞季さんと過ごしたこの一年で、相手を殺そうとする生霊や呪いを何度か見てきました。瑞季さんが言うように相打ちで大成功というぐらいに見合わない行為が意味する通り、呪い主の悪念からも一緒に滅んでも構わないというような雰囲気が伝わってきました」

僕はさらに続ける。

「けれど、雛姫からは人を殺そうとしているのにそんな破滅の覚悟みたいな想いは伝わってきませんでした。雛姫が神様や妖怪ならそれもあるのかなと思っていたけれど、もし彼女が人間であるのなら、今回の仕事の契約の件だけでこんなことを起こすのはどうしても違和感があるんです」

僕の感じた些細《ささい》な違和感など、彼女には一蹴されるかもしれなかった。

しかし、僕の言葉を瑞季さんは黙って聞いてくれる。そして、彼女の左頬がぴくりと動いた。

「……いいこと言った」

前を向きながら無表情で瑞季さんは呟いた。

そして、照れくさそうに眼をしばたたいて、かすかに微笑む。

「こっちのほうでもこんなに成長してるなんてね、どう反応したらいいのかわからないわ」

彼女はふうと息を吐き出すと真面目な顔になる。

「ちょっと運転代わって」

車を止めると、瑞季さんは助手席の僕と入れ替わった。

「アンタのおかげで大分冷静になれたわ。確かに漫画じゃあるまいし、あんなに軽く人を殺そうとするのは引っかかるわ。それと一番詳しそうなやつに聞くのを忘れてたわよ」

彼女はカバンから何か小さなカードを取り出し、携帯で写真を撮った。

そして、メールでどこかに送ったあと、電話をかけ始める。

「もしもし黒川です、メールの画像見た？　そう、その画像の人物に心当たりはないかしら？」

淡々と声を紡いでいる彼女が話しているのは、心霊事件屋の橘さんのようだった。

「えっ、知ってるうえに捜してる？」

橘さんは瑞季さんが送信した画像の人物を知っているらしい。

最初、僕は雛姫のことを尋ねているのだと思ったが、よく考えてみると雛姫の写真を撮る暇などなかったように感じる。

彼女はしばらくの間、橘さんと話をしていた。

そして、彼との電話を終えるとすぐさま別のところに電話をかけ始めた。

「突然、すいません、山本事務長、黒川です」

その名前には聞き覚えがあった。確か今向かっている病院の事務長さんだ。瑞季さんが以前、その病院で死神事件が起きたときに対応してくれたと言ったのを覚えていた。

瑞季さんは事務長に、雛姫と思われる昏睡状態の女性と接触したい旨を伝えているようだった。

確かにこのまま患者に接触して何か騒ぎが起こってしまえば、警察沙汰になってしまう。

そのため、事前に了解を得ておくのは自然な手続きだが、病院の事務長がそんなこと許すはずがないと思われた。

しかし、瑞季さんは事務長の立会いのもとで、という条件で患者に接触する許可を取り付けてしまった。これには僕も美弥さんも驚く。

「お姉ちゃん、山本事務長とどういう関係なの？」

「いや、この前の事件のあとにちょくちょく一緒に飲んでる」

まっすぐ前を見つめながら当たりさわりのない事情を説明した。


僕達は病院に到着すると、山本事務長にある患者の病室へと案内された。

そこには一人の女性がベッドに横たわっていた。

女性は頭と手の部分しか素肌は見えなかったが、確かに、言われてみれば雛姫と似ているのかもしれない。しかし、こけた頬は青黒く、骨ばった腕は枯れ枝のようになっていた。

「……前に私が見たときよりもさらに肉が落ちてる、たった二、三日で」

その女性の姿を見て瑞季さんは一言吐き捨てた。

「やはりね、これが呪いの代償よ！」

瑞季さんの言っていた通り、人を呪う行為は自身の生命力を削る行いであり、それだけですでに対価となっているのだ。

「じつは私もこの症状は異常だと思っていたのよ、そこにあなたからの電話があったでしょ、正直これはとも思ったのよ」

「それにしても事務長がこんなことを許可してくれるなんて、ちょっと驚きというか……」

美弥さんは控えめに言葉を発する。

「……まあ、もちろんこの前の借りを返すというのもあるけど、あなたがこれほど必死になって怒ってるんだから、たぶんこの彼女のほうが悪いんでしょ」

瑞季さんを一瞥して事務長は苦笑した。

「……信頼してくれて、ありがとうございます」

「でも、私ができることはあなた達をこの患者に会わせるまでよ。この患者の情報は一切教えられないし、指一本触れることも許さない」

決して強い調子ではなかったが、事務長の言葉は鉄のような緊張感を帯びている。

「十分です、ありがとうございます」

「でも、どうするんですか、瑞季さん?」

「この子に直接何かしても、雛姫のほうはむしろ強力な悪霊となってしまう可能性もあるから」

そう言うと、瑞季さんはカバンから塩とお米らしきものを取り出した。

そして美弥さんと二人で病室の壁際に塩とお米を振りまき始める。

「結界……ですか?」

「そう、生半可なものじゃ雛姫には破られちゃうから、二人がかりで強固に作るのよ」

瑞季さんの説明を聞いているそのとき、夜気を切り裂くようなおぞましい音があがった。

そして、次の瞬間、病室に大きな衝撃が走った。

まるで地震でも起こったかのように続けざまに部屋が振動している。

「来たわよ！　私は雛姫を本体へ誘導するから、美弥は結界を解くタイミングを合わせて」

美弥さんが頷くと、瑞季さんは数瞬後に合図を送った。

「私の身体に何をする！」

甲高い声が直上に現れた闇の向こうから聞こえてきた。


怒声とともに飛来したのは、瞳を赤黒く輝かせた白衣の美女だった。

途端に胸の悪くなるような気が病室に侵入してくる。

焦っているのか、もはや雛姫は自分の発する禍々しい気を隠そうともしていない。

空気が震えるような衝撃とともに迫ってくる雛姫に瑞季さんは逃げようとはしない。むしろ、自分から雛姫のほうに踏み込むと両腕を心臓の前に掲げた。

すれ違う形でぎりぎり避けたと思うと雛姫の衣を掴み風車のような動きで、ベッドの方向にうまく流して、横たわっている本体にそのまま叩きつけた。

異様な唸りを立てて、聞いた者の魂を凍り付かせるような絶叫が雛姫本体からあがる。

盛大な衝撃が病室内に響き渡り、振動が治まると、昏睡状態で眠っていた女がゆっくりと目を開けた。そして、もう一度地獄から響いてくるような叫び声をあげた。

瑞季さんはすかさず両手で印を結ぶ。

「気よ止まれ、混濁し、痺れ、地に伏して人型として眠れ！」

次の瞬間、雛姫の本体が衝撃とともに跳ね上がり、ベッドに叩きつけられた音に異様な悲鳴が重なった。

しばらくして雛姫の身体の震えが止まったと同時に、両目がかっと見開いた。

そして、瑞季さんを向いたと思うと、興奮しながら暴れ始めた。

「くそっ、どうして、身体から出られない」

「あなたの身体自身に封印の結界を張ったのよ、もうあなたはその身体から出られない」

身体はずっと伏せていたからか、その憎しみと怒りにもかかわらず思い通りに動かせない様子だ。

いや、それどころか、雛姫の身体がみるみる青黒く変色していく。

「げほっ、ぐ、ががが」

雛姫は苦悶に顔をゆがめた。

胃からせりあがったと思われる茶色の液体が口から溢れて床に滴り落ちていく。

「これが人を呪うということのさらなる代償よ。自らの生命力を消費するだけでなく、その相手を壊そうとする悪念が戻ったときに自分自身を破壊してしまうのよ」

その苦しむ様子に看護師である美弥さんと山本事務長は駆け寄るが、瑞季さんは黙って眺めている。

「ちょっと瑞季さん、彼女このままじゃ、やばいんじゃ」

「こいつは人を呪って殺してきたんだ、一線を越えた奴が死ぬのは当然の報《むく》いでしょう!」

彼女は自分の妹や僕を手にかけようとした雛姫がどうしても許せなかったのか、僕に向かって大きな声で絶叫した。

「それは違いますよ、黒川さん！」

そのとき彼女の叫びに呼応するように病室の扉が開き、二人の男性が入ってきた。

一人は瑞季さんが先ほど連絡を取っていた心霊事件屋の橘さんだ。

そして、もう一人は雛姫に憑りつかれている司村さんだった。

「彼女は人を殺したりしていません！」

そう言うと橘さんは雛姫の頭を両手で掴んだ。さらに気を込めるように手のひらに力を入れると、苦しんでいた雛姫の顔色が少しずつ良くなっていく。

「ど、どうなってるんですか？」

「ふう、雛姫がやっていた害悪な気の生成とは逆。悪い気の無害化よね」

瑞季さんが諦めたように息を吐き出した。

「そ、そんなことが……」

「まあ、もとは自分のために会得した技術ですがね」

どうやら心霊事件屋として忌み地や呪物と対峙する際にどうしても忌まわしい気や念に触れてしまうので、その対処のための技法のようだった。

「それより……どういうことか説明してもらいましょうか、まあ、司村もいるということは大体想像はつくけど」

「ど、どういうことですか？」

「さっき電話で話したときに思い出したけど、以前この雛姫の女とは会ってたわよね。あなたと一緒にいたときに」

「ええ、私が処理した生霊に関する案件の当事者でした、そのときに生み出された生霊を私が封印したのですが、その封印した呪物ごと消え失せていたんです」

話を聞くと、橘さんはその案件で白戸繭さんという相談者がつくり出してしまった強烈な生霊の行方を捜していたようだった。

「この司村という男はちょうど私も捜していた心霊フリークです」

「心霊フリーク、司村さんが?」

「こいつが興味本位でつくった呪物で、生まれたのが雛姫ね。そして本人も制御できなくなるぐらいに凶暴化してしまったのよ」

先ほど車の中で瑞季さんが携帯で送っていた画像は写真入りの司村さんの名刺だった。

「それにしても、制御できなくなったっていうのは?」

「確信があったわけじゃないけど、アンタが雛姫に命を懸けた想いが感じられないと言ったじゃない。だから、雛姫は本体の意思から離れて暴走してるんじゃないかと思ったのよ」

そこからは雛姫の関係者である司村さんが橘さんの情報の中にないか確認したようだった。

橘さんに拘束された司村さんは観念したのか、僕達に話を始める。

その話は次のような内容だった。

もともと大企業の一族として生まれた司村さんだが、徐々に学業で落ちこぼれていったことから自宅に引きこもるようになった。そうした生活の中で母親が相談した神職の霊能者と出会い、もともと心霊的な力を信じていなかった彼はその霊能者を刃物で殺そうと考えたのだった。

しかし、霊視の力で思惑を見破られ、それだけでなく訪れた神社で神様に対して不遜《ふそん》な行いをしたため母親が神罰を受けてしまい、死にそうになってしまった。

この行い自体には彼も大いに反省したのだが、そこから心霊的な能力の探究に独学でのめりこむようになったという。

司村さんの話は以前神社の娘さんである真央さんから聞いた話と合致している。ならば司村さんは昔、真央さんを襲おうとした高校生だと思われた。

「そんなときに出会ったのが、そこにいるヒナさんです」

司村さんと彼女が出合ったのは彼が呪いの実験のために訪れた風俗店だった。

彼はヒナという源氏名だった彼女に、呪いの想いを増幅させる呪物を渡してその経過を実験したのだが、結果は妖怪とも呼べるくらいの思念体を作り出すほどだった。

一時は橘さんによって封印されたものの、ふとした拍子に内側から破られ、ひとりでに消えてしまった。橘さんのもとから消えた呪物は制作者である司村さんのもとに戻り、彼はその封印を解いてしまったのである。

最初のうちは司村さんも喜び、成長した生霊を雛姫と名付けて、研究のために心霊に関する知識を教えていたが、その生霊は彼女本体の生命力を奪ってさらに霊格を高め、人を殺そうとするほどに激情化してしまったようだ。

そして、雛姫の最初のターゲットに選ばれたのが僕と瑞季さんだったのだ。

「暴走してしまった雛姫から逃がすために僕に連絡したんですね、納得しやすいように守護霊だなんて嘘までついて」

僕の指摘に司村さんは頷いた。

「あの商談で出会ったことは最悪のタイミングだった。彼女は以前にも会った黒川さんに悪印象を覚えていたのか、呪殺の対象に選んでしまった。本当にすいませんでした、自分のせいで」

「……違うわよ！」

突然の叫び声が響く。

「私が自分のこの特別な力で……さらに先に行くために彼を利用したのよ！」

藺さんは僕達の話を聞いていたのか、ベッドに横たわったまま反論した。

いや、この言葉は藺さん本人ではなく、雛姫の意思のようだ。

「先？　何がしたかったのよ、人を殺そうとしておいて？」

不快な表情で瑞季さんは吐き捨てる。

「この世の中にどれだけの憎しみと恨みが溢れてると思う？」

冷たい汗を浮かべながらも雛姫は叫ぶ。

「ネットの中でも無数の呪い代行のサイトが乱立している、人を思い通りに呪殺できるなら、それは大きなビジネスと成功につながるのよ」

憎悪よりも高揚感の勝った瞳が瑞季さんを睨み据える。

「……でも、結果はこの通りだ。君が自身の力を強める代わりに、本体である繭さんは死にかけた。やっぱり呪いの行きつく先は破滅のみだった……今回のことで本当によくわかった」

闇の実験は終わったとばかりに、司村さんはがっくりとうなだれた。

「……そうですね、呪いは本当に割に合わないですね」

「……ふん、良くても共倒れ、呪いを返されたら自分だけが破滅、そこだけは本当に真理よ」

瑞季さんと橘さん、二人がともに共通の認識を示した。


結局、司村さんは橘さんが仲裁に入ったことで、人に迷惑がかかる心霊研究を今後一切やめる約束で今回だけ瑞季さんは許すことになった。

心霊の闇の世界に意図せず関わることになってしまった繭さんは雛姫の影響を治療することと、もともと持っている強い霊能力も考慮し、風俗の仕事を辞めて真央さんの神社で預かってもらうことになった。

のちに橘さんから、彼が今回の事件の前に繭さんと接触があり、その関係で司村さんを追っていたことを聞いた瑞季さんは、責任をもって最後まで彼女の面倒を見ろと激怒した。橘さんも今回の事件にはいくばくかの責任を感じているようで、真央さんのところでの治療が終わったのちに繭さんを自分の助手という立場で監視、管理することは了承した。

今回の事件は瑞季さんから発生した因縁ではなく、橘さんと真央さんがらみの案件だったことがわかり、瑞季さんはもちろん僕もひとまず胸をなでおろした。周りに迷惑がかからないように会社を辞めようとしていた瑞季さんもあらためて先方に事情を説明して断ったようで、そのことでも僕はホッとした。

そして、司村さんはお詫びの意味も込めて、今回進めていた大手スーパーとの契約を僕達の会社にすべて譲渡してきた。

結果、もちろん僕達の成績にはなったが、契約の内容があまりに大きくなりすぎたため、課長から引き続き瑞季さんと僕の二人のコンビでこの取引を受け持つように、と命令されてしまった。その際に、どうせ付き合ってるみたいに仲いいから良かっただろと課長に冗談で言われたので、瑞季さんは付き合ってないと怒ったが、僕の教育係的な役割が続く結果になったことは、彼女もまんざらではないようだった。

この契約は今でもうちの部署の一番太い取引として続いている。

これで今回の最後の事件は終わりを迎えたのだった。

エピローグ

教育期間も終わり、僕も一人で取引先を回るようになった。

あるとき黒川さんから携帯に着信が入った。

携帯に出てみると、自分が行く予定だった取引先に行けなくなったから、代わりに行ってほしいと伝えられた。

その取引先には行ったことはなかったが、場所は知っていたので了解した。

そこでの打ち合わせの内容もメールで飛ばしてくれるらしいので僕はそのまま向かった。

郊外の田んぼと民家に囲まれた事務所に着いたあと、駐車場に車を停めて黒川さんからのメールを待っていたが、敷地の中で何か違和感を覚えた。僕も心霊的な事件に何度も経験してきたからか、霊的に良くないところはなんとなく雰囲気でわかるようになっていたのだ。

確信は持てないが、この会社の事務所からも何かそのような良くない雰囲気が感じ取れた。

そのとき、黒川さんからメールが届いたので、打ち合わせの内容を確認すると、メールの最後に一文添えられていた。

「あと、そこの事務所に自殺した従業員がまださまよっているから意識しないほうがいいわよ」

いらない情報だった。

霊を意識すると憑いてこられやすいからという彼女の優しさだったのだろうが、本当に不要だ。

このメールのせいで、僕は逆にその自殺した従業員を意識するようになってしまった。

案の定、打ち合わせが終わって事務所を出たあと、妙に身体が重く気持ちも沈んで気分が悪い。

今までの経験上、明らかに何か憑いてきているようだ。

うちの会社の事務所に戻ると、僕はさっそく彼女のところに飛んでいく。

「うわっ、アンタ本当に憑かれやすいわね」

僕の姿を見て呆れた様子で彼女は声を張り上げた。

思った通り、メールに書いてあった自殺した従業員が憑いてきているようだった。

彼女は右手の指をすっと二本立てて、僕に向かって空《くう》を切る動作を続けた。

そして気合の入った声とともに指先を僕の胸に向けて突きだすと、最後に僕の身体を手のひらでぽんぽんと二回叩いた。

途端に気持ち悪い身体の重さが消えていく。

憑いてきたものは追い払ってくれたようだった。

「ちゃんとメールに意識するなって書いてあったでしょう、意識を向けると憑いてくるんだから」

あのメールのせいで逆に意識したんですよと文句を言いたかったのだが、それはアンタの精神が弱いからよと返されるのはわかっていたので何も言うことができない。

　教育期間は終わったけれど、たぶんこれからもこの人には一生かなわない、そう感じながら僕は自嘲気味に笑わざるを得なかったのだ。

あとがき

まず最初に本書を手に取っていただきありがとうございます。

いきなりですが、あなたは幽霊や神様などの視えざる存在を信じていますか？

最恐小説大賞の本をこうしてめくっていただいているわけですから、霊的な存在を信じているほうが多いんじゃないのかなと勝手に期待しています。

では、あなたの身の周りでこんな日常会話はされていますでしょうか？

「今日の仕事、お稲荷様のお陰でうまいこといっちゃった、だから帰りにお供え物買ってお礼参りに行こうっと」「ちょっとアンタ最近先祖のお参りやってないでしょ、アンタのとこの先祖が私のところに訴えてきてて朝から気分がすぐれないんだけど」

こんなことを言ってくる同僚がいたら、何言ってんのと感じてしまいますか？

もう一度お聞きします、あなたはこの世の視えざる存在について信じていますか？

私自身は霊が視えることはあんまりないんですけど、接客することの多い仕事をしているせいか関係者から念や生霊を飛ばされることは多いんです。

あんまり飛ばされすぎて、最近はその念の感じ方からある程度飛ばした人物を特定できるようになってきました。

どうして視えないのにその生霊が誰なのかわかるのかと言えば、就職と結婚を機に私の周りにいわゆる霊感の強い人とのご縁が増えまして、その人達が私に霊が憑いているときはこんな感じの人が憑いてるよと教えてくれるんです。

それでまあ、最近は私のほうからもしかしてあの人憑いてますかと確認すると合っていることが多くなりましたということです。

どうですか、あなたは日々生霊を感じたりしませんか?

人間の生霊と念は私達の一番身近にある心霊現象だと思うんです。

なんだか理由もないのにイライラしてしまったり、気分がすぐれなかったり、流れが悪くて仕事がはかどらないことってありませんか?

それは念や霊に邪魔されているのかもしれません、なんて言ってしまうと、私のことを頭のおかしい人間に感じてしまいますか?

再びお聞きします、あなたはこの世の視えざる存在について信じていますか?

でもね、私自身もいまだに霊的なものを信じていいのかはまだ判断がついていないんです。

怒らないでくださいね、ばかにしてませんし、私がばかというわけではないと願いたいです。

私の感じていること、私の周りの人間が視えているもの、それがいったいなんなのかは私自身もよくわかっていないんです、もしかすると騙されていたり、暗示にかかっているだけかもしれないですし、霊が視えるということが精神や身体の異常なのかもしれないと考えてしまうこともいまだにあります。

私の作品を読んでそんな視えざる存在の世界のことを感じていただければと願っています。


それと縁というものも私達に最も身近な視えざる力ですよね。学生時代に文芸サークルで小説を書いていた私が就職を機に書くことをやめてしまって、それがウェブ投稿サイトエブリスタに出会ってからまた仕事と家事の合間に少しずつ書き始めることができるようになったばかりか作品をこうして書籍化までしていただけることになりました。

美麗なカバーイラストを描いていただきました紺野しまこ様、初めてご紹介いただいたときにこんなに作品の雰囲気にマッチした絵師様と引き合えることができたのも、本当に縁というものは大事にしないといけないと思いました。

校正作業では、素晴らしい改稿案を出し続けていただきました竹書房担当菅沼様、本当にありがとうございました。

今までエブリスタでお読みいただいた読者様、今回この本を手にとっていただいた皆様、すべての関係者の方に感謝いたします。

令和三年　春　　　　ラグト

視える彼女は教育係

2021年5月27日　初版第1刷発行

著者……ラグト
カバーイラスト……紺野しまこ
ブックデザイン……下田麻亜也
発行人……後藤明信
発行所……株式会社 竹書房
〒102-0075
東京都千代田区三番町8-1
三番町東急ビル6F
email: info@takeshobo.co.jp
http: //www.takeshobo.co.jp
印刷所……中央精版印刷株式会社

定価はカバーに表示しています。
■落丁・乱丁があった場合は furyo@takeshobo.co.jp まで
メールにてお問い合わせください。

エブリスタ×竹書房が募った恐怖の頂点

第1回 最恐小説大賞 受賞作!

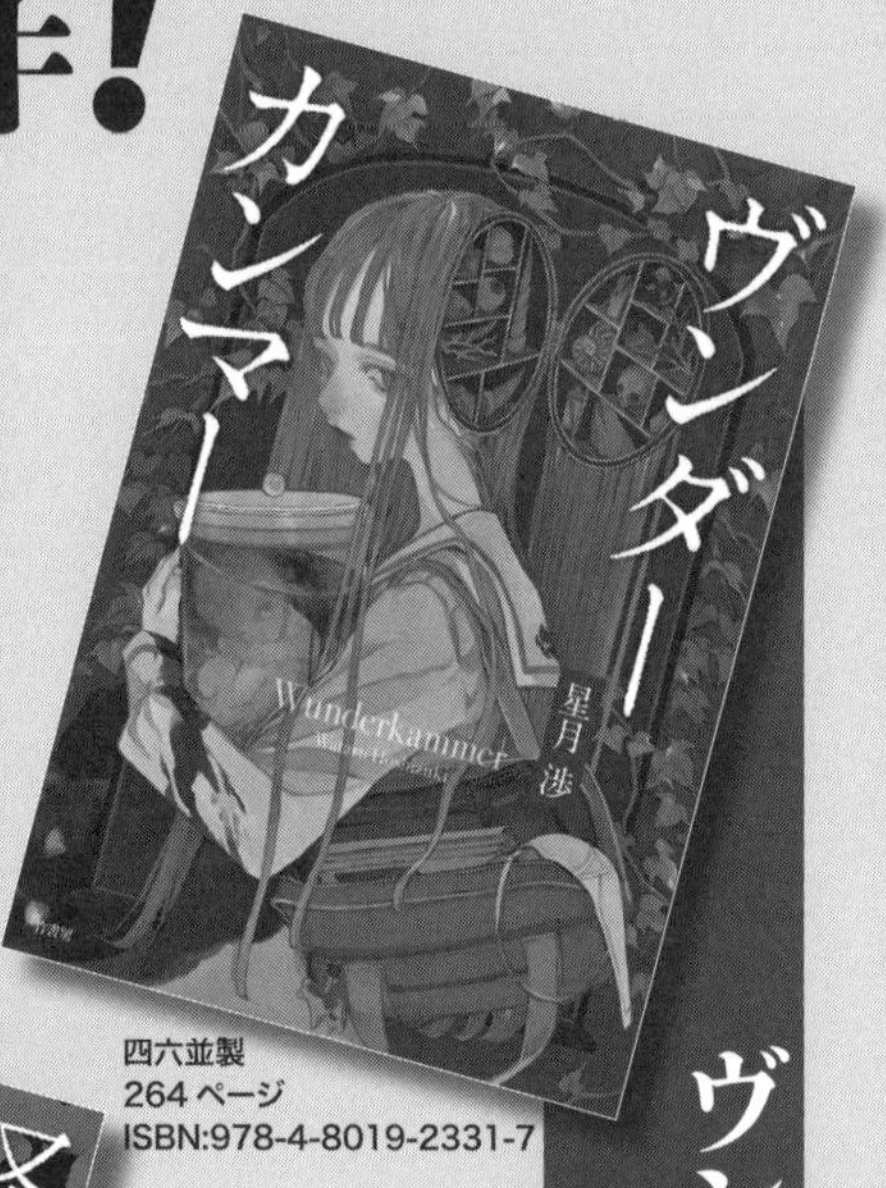

怪奇現象という名の病気

沖光峰津

入院患者が自身の体験を語る0の怪顛録

四六並製
264ページ
ISBN:978-4-8019-2387-4

ヴンダーカンマー

星月 渉

正負、善悪、すべてを振り切った鬼子のイヤミス!

四六並製
264ページ
ISBN:978-4-8019-2331-7